Die drei !!!

Tatort Paris

Erzählt von Henriette Wich

Deutscher Taschenbuch Verlag

Weitere ›Die drei !!!‹-Bände sowie
das gesamte lieferbare Programm von
dtv junior und viele andere
Informationen finden sich unter
www.dtvjunior.de

FSC
www.fsc.org
MIX
Papier aus verantwortungsvollen Quellen
FSC® C019821

Ungekürzte Ausgabe
5. Auflage 2012
2010 Deutscher Taschenbuch Verlag GmbH & Co. KG,
München

Umschlagkonzept: Balk & Brumshagen
Umschlagbild: Beate Fahrnländer
Gesetzt aus der ITC Stone Informal 11/14,5'
Gesamtherstellung: Druckerei C. H. Beck, Nördlingen
Gedruckt auf säurefreiem, chlorfrei gebleichtem Papier
Printed in Germany · ISBN 978-3-423-71407-5

Tatort Paris

Ein schwarzer Tag für Marie

Schwungvoll machte Marie die Tür zum Jugendzentrum auf und sah sich suchend nach Kim und Franzi um. Heute Nachmittag hatten sich die drei !!! zwar nicht verabredet, aber Marie hoffte trotzdem, ihre Freundinnen vom Detektivclub zu treffen. Seit dem Frühstück hatte sie nämlich dieses merkwürdige Kribbeln im Bauch, das sie nur zu gut von ihren Aufführungen mit der Theater-AG kannte. Dieses Kribbeln bedeutete eigentlich immer, dass bald etwas Aufregendes passierte. Dafür wurde es auch höchste Zeit, denn so konnte es nicht weitergehen. Über eine Woche waren die drei !!! jetzt schon ohne einen neuen Fall. Davor hatten sie sich vor aufregenden Kriminalfällen kaum retten können: Kurz hintereinander hatten sie einen Handy-Erpresser geschnappt, einen Betrug bei einem Musikcasting und einen kriminellen Chat aufgedeckt und schließlich ein Verbrechen in einem Fitness-Studio aufgeklärt. Langsam wurden sie richtig professionell und erfolgreich, was den Nebeneffekt hatte, dass sie ihren Detektivclub nicht mehr so geheim wie am Anfang halten konnten. Und leider waren vor allem Kims und Franzis Eltern alles andere als begeistert von einer frühen Detektivkarriere ihrer Töchter. Wie alle Eltern befürchteten sie, dass die Schulleistungen ihrer Kinder darunter leiden könnten.

Marie biss sich auf die Lippe. Die Schule war das Letzte, an das sie gerade denken wollte. Heute hatten sie die Mathearbeit zurückbekommen. Zum ersten Mal in ihrer bisherigen Schullaufbahn hatte sie eine Vier! Das bedeutete, dass sie im Zwischenzeugnis nächste Woche nur eine Drei bekommen würde. Was ihr Vater wohl dazu sagen würde? Bisher war er es von seiner Tochter gewohnt, dass sie nur Einser und Zweier aus der Schule nach Hause brachte.

Schnell schob Marie den Gedanken beiseite und hielt wieder nach ihren Freundinnen Ausschau. Dann stutzte sie. Irgendwas war heute anders. Normalerweise verteilten sich die Jugendlichen im großen Aufenthaltsraum des Jugendzentrums. Ein paar saßen meist auf den gemütlichen Sofas und Sitzkissen, andere besetzten die begehrten Computerplätze im Internetcafé. Doch heute drängelten sich alle vor dem Schwarzen Brett, als würden dort lauter Lottogewinne verteilt, und quatschten aufgeregt durcheinander.

Marie ging hinüber und fragte: »Hey, was ist los?«

Mitten im Gedrängel schossen zwei Hände in die Höhe. Jetzt erst erkannte Marie ihre Freundinnen.

Kim winkte hektisch. »Das musst du dir ansehen!«

»Komm schnell!«, rief Franzi.

Das war leichter gesagt als getan. Marie musste ihre Ellenbogen einsetzen und etliche Knüffe und verärgerte Proteste einstecken, bis sie sich zu Kim und Franzi durchgekämpft hatte. Endlich hatte sie sich einen Platz neben den beiden erobert.

»Was ist los?«, fragte sie noch mal.

»Lies selber«, sagte Franzi und zeigte aufs Schwarze Brett.

Fast die Hälfte des Bretts wurde von einem großen Plakat eingenommen. Darauf stand in schwungvoller Schrift:

> ***Auf nach Paris!***
> *Lust auf fünf Tage in der französischen Metropole?*
> *Dann nichts wie los!*
> *Wann? In der Ferienwoche nach den Zwischenzeugnissen*
> *Wie? Mit dem Reisebus*
> *Wo genau in Paris? In einem superschönen, zentralen Jugendhotel*
> *Wenn ihr mitfahren wollt, meldet euch bitte bei Tom.*
> *Er ist der Reiseleiter der Fahrt und gibt euch alle weiteren Infos.*

Marie schnappte nach Luft. »Ich *liebe* Paris! Da muss ich unbedingt mit.«

»Ich auch«, sagte Kim und strahlte Marie an.

Franzi grinste. »Das könnte euch so passen, euch zu zweit in Paris zu amüsieren! Ich fahr natürlich auch mit. Die drei !!! müssen schließlich zusammenbleiben.«

»Psst!«, machte Kim und legte den Finger auf den Mund.

Die Geheimnistuerei wegen des Detektivclubs hätte sie sich auch sparen können, denn von den anderen hörte sowieso keiner zu. Trotzdem schob Kim, die auf Nummer sicher gehen wollte, ihre Freundinnen durch die aufgeregte Menge und führte sie zu einer ruhigen Sitzecke am anderen Ende des Raums.

Marie ließ sich in einen dunkelblauen Knautschsessel fallen. »Kinder, ich hab gleich gewusst, dass heute noch was Aufregendes passiert! Ich hatte zwar eigentlich auf einen neuen Fall gehofft, aber Paris ist auch super. Ich war mal mit meinem Vater dort, als er für ein verlängertes Wochenende Drehpause hatte.«

»Toll!«, sagte Franzi. »Ich war noch nie in Paris.«

Kim sah Marie bewundernd an und murmelte: »Ich auch nicht.« Marie zuckte mit den

Schultern. Langsam müssten sich ihre Freundinnen eigentlich daran gewöhnt haben, dass sie einen berühmten Vater hatte, der jede Woche als Hauptkommissar Brockmeier in der Vorabendserie *Vorstadtwache* auftrat und damit jede Menge Geld verdiente.

Franzi verfiel von Bewunderung ins Schwärmen: »Wir werden den Eiffelturm sehen und den Triumphbogen und die Champs-Élysées ...«

»... und die süßen französischen Jungs«, fuhr Marie fort.

»... und den Louvre und die vielen Cafés mit den superleckeren Kuchen und Törtchen«, sagte Kim.

Marie musste lachen. Typisch Kim! Die dachte natürlich sofort wieder ans Essen.

Kim fühlte sich ertappt und wurde rot. »Es stimmt doch, oder? Die Franzosen sind berühmt für ihre Konditorei-Künste.«

»Klar«, sagte Marie. »Und du bist berühmt für deine Schwäche für Süßigkeiten, besonders Schokolade und Gummibärchen.«

»Na und?«, sagte Kim. »Seit wir regelmäßig zusammen joggen, muss ich mir um meine Figur keine Sorgen mehr machen.«

»Das brauchst du sowieso nicht!«, warf Franzi ein. Sie hatte Kims Gejammere noch nie verstanden. Es war doch völlig egal, ob sie nun ein, zwei Kilos mehr oder weniger wog. »Lasst uns lieber von was anderem reden.«

Kim sah Franzi dankbar an. »Ja, genau. In Paris ist garantiert irre viel los. In so einer Großstadt laufen bestimmt auch einige Verbrecher herum.«

»Du hast recht!«, sagte Marie. »Vielleicht wartet dort ja ein neuer Fall auf uns. Wir müssen unbedingt unsere Detektivausrüstung mitnehmen.«

Die drei !!! waren mittlerweile richtig gut ausgestattet: Sie hatten nicht nur ihre Fotohandys, sondern auch Lupen, Taschenlampen, ein Fernglas, ein Fingerabdruckset, eigene Visitenkarten, eine Digitalkamera und ein Aufnahmegerät mit Richtmikrofon, das sie sich von der Belohnung für einen erfolgreich gelösten Fall geleistet hatten. Außerdem führte Kim am Computer ein Detektivtagebuch, in dem sie akribisch alle Details ihrer Ermittlungen festhielt.

Plötzlich rief Kim: »Mist! Ich kann meinen Computer nicht mitnehmen, der ist viel zu schwer. Ich hasse es, mein Detektivtagebuch mit der Hand zu schreiben.«

»Ja, schade, dass wir keinen Laptop haben«, sagte Franzi. »Das fehlt noch in unserer Ausrüstung.«

Kim überlegte. »Ich könnte natürlich meine

Mutter fragen. Dann müsste ich die Dateien später nur noch auf meinen PC übertragen. Aber ob sie ihren Laptop rausrückt ...«

Marie rechnete sich in der Hinsicht auch keine großen Chancen aus. Sie war heilfroh, Frau Jülich nicht als Mutter zu haben. Wenn Kims Mutter neben ihrem Job als Grundschullehrerin nicht gerade eine ihrer Wohltätigkeitsveranstaltungen organisierte, kontrollierte sie liebend gern ihre Tochter bei den Hausaufgaben und war ständig dahinterher, dass Kim auch ja ihren guten Notendurchschnitt hielt.

»Versuchen kannst du es ja«, meinte Marie, der plötzlich ein ganz anderer Gedanke durch den Kopf schoss: Noch etwas würde in Paris fehlen, etwas viel Entscheidenderes als ein Computer: Franzis großer Bruder Stefan! Seit sie ihn das erste Mal gesehen hatte, hatte sie sich Hals über Kopf in ihn verliebt. Später dann, als er mit dieser Sonja ging, hatte sie Rotz und Wasser geheult. Aber inzwischen hatte er sich von ihr getrennt und war wieder solo. Und ausgerechnet jetzt würde sie nach Paris fahren: super Timing!

Schnell versuchte sie, sich abzulenken. »Apropos, Kim: Wird deine Mutter mit deinem Zwischenzeugnis zufrieden sein?«

»Ich denke schon«, sagte Kim. Sie hatte ihren

Vorsatz, wieder mehr zu lernen, in die Tat umgesetzt und ihre Noten tatsächlich verbessern können.

»Gratuliere!«, sagte Franzi. »Bei mir ist alles beim Alten: Ich war nie gut in der Schule und werde es auch nie sein, bis auf Sport natürlich. Echt schade, dass es auf Skaten und Reiten keine Noten gibt. Aber zum Glück machen meine Eltern kein Drama wegen Zeugnis und so.«

»Hört bloß auf mit den Zwischenzeugnissen!«, stöhnte Marie.

Verwundert drehten Kim und Franzi die Köpfe zu ihr herum. »Wieso das denn?«, fragte Kim. »Du bist doch die Beste von uns allen.«

»War ich mal«, murmelte Marie. »Ich hab in Mathe eine Vier geschrieben. Heute muss ich es meinem Vater beichten.«

Kim seufzte. »Tut mir leid für dich.«

»Hey, mach dir nichts draus!«, sagte Franzi. »In Paris wird sich kein Schwein dafür interessieren.«

Leider war Marie aber noch nicht in Paris. Als sie zwei Stunden später die großzügige Altbauwohnung betrat, die sie mit ihrem Vater teilte, wollte sie sich gleich in ihr Zimmer verziehen.

Da rief Herr Grevenbroich aus der Küche herüber: »Hallo, Prinzessin! Ich hab uns einen Auberginen-Auflauf gemacht, wir können gleich essen. Deckst du schon mal den Tisch?«

»Okay ...«, sagte Marie und ging langsam zur Vitrine im Esszimmer.

Warum musste ihr Vater ausgerechnet heute drehfrei haben und dann auch noch kochen? Das tat er normalerweise nur sehr selten, sonst aßen sie abends meist nur belegte Brote und Salat.

Während Marie Teller und Besteck auflegte, zerbrach sie sich den Kopf, wie sie ihrem Vater die schlechte Nachricht möglichst schonend beibringen konnte. Obwohl ... musste sie es wirklich gleich heute beichten und sich den Abend verderben? In dem Moment kam Herr Grevenbroich aus der Küche, den Auflauf auf einem großen Brett vor sich her balancierend. Vorsichtig setzte er ihn ab und gab Marie einen Kuss auf die Wange.

»Schön, dass wir es uns mal wieder so richtig gemütlich machen können, nur wir beide! Ich lass dich viel zu viel alleine. Aber heute hab ich alle Zeit der Welt für dich.«

»Toll!«, sagte Marie und setzte ein möglichst entspanntes Lächeln auf.

Herr Grevenbroich schaufelte pfeifend eine Portion auf Maries Teller, nahm sich selbst und schenkte sich ein Glas Rotwein ein. Danach lehnte er sich zurück, sah seiner Tochter zum ersten Mal an diesem Abend in die Augen und dann kam es auch schon: »Erzähl! Was hast du ausgefressen?«

Als Schauspieler entging ihm aber auch gar nichts, er merkte immer sofort, wenn es Marie einmal nicht so gut ging. Sonst fand sie das schön, aber heute hätte sie viel darum gegeben, wenn es anders gewesen wäre. »Ausgefressen? Ich bin doch kein Kind mehr ...«

Ihr Vater sagte nichts und wartete.

»Na ja«, fing Marie an und stocherte auf ihrem Teller herum. »Es ist wegen ... der Schule. Nichts Schlimmes, nur eine Vier in Mathe.«

»*Nur* eine Vier?« Helmut Grevenbroich hob die Augenbrauen. »*Nur* eine Vier?«

»Jetzt reg dich doch bitte nicht gleich auf«, sagte Marie.

Ihr Vater fuhr sich mit den Fingern durch die Haare. »Ich soll mich nicht aufregen, wenn meine Tochter eine Vier in Mathe nach Hause bringt? Ich verstehe das nicht, du warst doch immer so gut in der Schule! Wie konnte denn das passieren?«

»Weiß nicht«, sagte Marie, »irgendwie ... Aber mach dir keine Sorgen, im Zeugnis bekomm ich noch eine Drei.«

Herr Grevenbroich schüttelte den Kopf. »Na toll! Da bin ich aber beruhigt.« Er lachte kurz auf und wurde sofort wieder ernst. »Marie, du weißt doch, wie wichtig heutzutage eine gute Ausbildung ist, gerade wenn du später Schauspielerin oder Sängerin werden willst. Die Branche ist hart, du weißt nie, wie lange du Erfolg hast, deshalb brauchst du einen Abschluss, auf den du zurückgreifen kannst, und zwar nicht irgendeinen Abschluss, sondern einen guten!«

Marie nickte stumm. Ihr Vater hörte sich ja schon genauso an wie Frau Jülich. Sonst war er doch immer so locker. Sie musste ihn wieder beruhigen.

»Ich lerne wieder mehr«, sagte sie, »versprochen! Nach den Ferien leg ich richtig los.«

»*Nach* den Ferien?«, fragte Herr Grevenbroich. »Nein, meine Liebe, du wirst *in* den Ferien anfangen, deine Lücken zu füllen.«

»Aber das geht nicht!«, rief Marie. »In den Ferien fahr ich doch nach Paris.«

Ihr Vater hob die Augenbrauen. »Nach Paris? Was ist denn das jetzt wieder? Du weißt doch, ich kann nicht weg in den Ferien, ich muss arbeiten.«

»Aber ich kann weg«, sagte Marie und erzählte schnell von der Reise, die das Jugendzentrum organisiert hatte. »Siehst du«, sagte sie schließlich, »es ist alles schon geritzt, Kim, Franzi und ich fahren zu dritt.«

Auf einmal wurde Herr Grevenbroich hellhörig. »Jetzt versteh ich! Deine Freundinnen stecken dahinter. Sag bloß, ihr wollt wieder Detektiv spielen?«

»Nein«, antwortete Marie. »Es ist nur eine ganz normale Reise.« Das war nicht mal gelogen, schließlich wussten sie tatsächlich nicht, ob es in Paris einen Fall für die drei !!! gab.

»Früher hattest du nie Probleme in der Schule«, sagte Herr Grevenbroich. »Aber seit du mit diesen beiden Mädchen zusammen bist, habt ihr ständig diesen Detektivkram im Kopf. Kein Wunder, wenn du in der Schule schlechter wirst. Damit ist jetzt Schluss, Marie! Du bleibst in den Ferien hier und lernst.«

Marie schossen Tränen in die Augen. »Das kannst du nicht machen!«

»Doch«, sagte Herr Grevenbroich ruhig.

»Du bist so gemein!«, rief Marie, sprang auf und rannte auf ihr Zimmer. Dort warf sie sich aufs Bett und heulte los. Nie, nie, nie im Leben hätte sie gedacht, dass ihr Vater so schrecklich reagieren würde. Er konnte ja sauer sein, aber er durfte ihr doch nicht einfach verbieten, nach Paris zu fahren!

Marie schluchzte in ihr Kopfkissen und konnte nicht mehr aufhören. Da klingelte ihr Handy. Erst wollte sie gar nicht reagieren, aber dann griff sie doch danach und warf einen Blick auf die Nummer auf dem Display. Es war Kim.

»Hallo, Kim«, brachte sie schniefend hervor.

»Marie, ich wollte wissen, wie es dir geht«, sagte Kim besorgt. »War dein Vater sauer?«

»Und wie!«, schluchzte Marie. Unter Tränen erzählte sie, dass er ihr die Reise nach Paris verboten hatte. Ein paar Sekunden war Stille. Dann sagte Kim: »Das gibt's doch nicht! Das kann er nicht machen.«

Marie schnäuzte sich. »Hab ich auch erst gedacht, aber er kann.«

»Das lassen wir nicht zu!«, sagte Kim. »Wir helfen dir, Franzi und ich. Am besten treffen wir uns gleich morgen zu einer Krisensitzung. Und dann sehen wir, wie wir deinen Vater doch noch überzeugen können.«

»Meinst du wirklich?« Marie machte sich keine Hoffnungen. Wenn ihr Vater ausnahmsweise mal streng war, dann hielt er es auch durch.

»Ja, wirklich!«, sagte Kim. Manchmal konnte sie ganz schön stur sein.

»Na gut, ich komm morgen zu dir«, sagte Marie.

»Und bring deine Mathearbeit mit, okay?«

Marie stöhnte auf. »Wenn's unbedingt sein muss!«

Am nächsten Nachmittag sank Marie erschöpft in Kims Sofa zurück. Ihr schwirrte der Kopf von der langen Diskussion und dem vielen Hin und Her.

Ob sich die ganze Anstrengung wirklich lohnen würde? Kim und Franzi zumindest waren ganz begeistert vom Sechs-Punkte-Plan, den sie gemeinsam ausgearbeitet hatten.

Und so sah der Plan »Marie muss mit nach Paris!« aus:

Punkt 1: *Maries Mathearbeit zusammen durchgehen und feststellen, wo die Lücken sind.*

Punkt 2: *Morgen Nachmittag Powernachhilfe von Kim für Marie zu Hause bei Kim.*

Punkt 3: *Übermorgen Aufgaben aus dem Übungsheft raussuchen, bei denen Marie beweisen kann, dass sie ihre Lücken gefüllt hat.*

Punkt 4: *Marie die Aufgaben alleine lösen lassen (unabhängige Zeugin dafür, dass alles mit rechten Dingen zugeht: die unbestechliche Frau Jülich).*

Punkt 5: *Danach sofort gemeinsam zu Herrn Grevenbroich gehen und ihm von den Lernerfolgen berichten.*

Punkt 6: *Ihn so lange mit hieb- und stichfesten Argumenten bombardieren, bis er Marie nach Paris fahren lässt.*

Die nächsten beiden Tage kam Marie kaum zum Verschnaufen. Kim triezte sie erbarmungslos und ließ nicht eher locker, bis Marie alle Lücken gefüllt und ewig viele Matheaufgaben gelöst hatte.

Endlich »erlaubte« sie, dass ihre Freundin das Matheheft weglegte.

Marie stöhnte: »Du bist schon genauso eklig wie deine Mutter!«

»Nie im Leben!«, rief Kim empört. »Wie kommst du denn darauf?«

»Wir haben keine Zeit zum Streiten«, sagte Franzi. »Kommt, wir müssen zu Herrn Grevenbroich!«

Gesagt, getan. Sie hatten sich alle Argumente genau zurechtgelegt. Trotzdem zitterten Marie die Knie, als sie schließlich im Wohnzimmer vor ihrem Vater stand.

»Papa, hast du mal kurz Zeit für uns?«, fragte sie.

Überrascht ließ er seine Zeitung sinken und deutete auf das riesige weiße Ledersofa. »Bitte!«

Die drei !!! setzten sich.

Kim holte tief Luft und fing an. »Also, Sie wissen ja, dass wir Maries Freundinnen sind.«

Herr Grevenbroich nickte und runzelte die Stirn.

Schnell redete Kim weiter: »Und Freundinnen lassen sich nicht im Stich, auch wenn es Probleme gibt.«

»Marie hat ein Problem in Mathe«, fuhr Franzi fort und verbesserte sich gleich wieder: »Das heißt, sie hatte eins. Wir haben nämlich zusammen mit ihr gelernt und ...«

Herr Grevenbroich hörte mit offenem Mund zu und ließ sich die gelösten Aufgaben in Maries Matheheft zeigen. Er studierte sie gründlich und sagte nichts.

»Sie können gern meine Mutter anrufen«, sagte Kim. »Sie wird Ihnen bestätigen, dass Marie die Aufgaben ganz alleine gelöst hat.«

Herr Grevenbroich starrte immer noch ins Matheheft.

»Papa, jetzt sag doch endlich was!«, rief Marie verzweifelt.

Ihr Vater hob langsam den Kopf. »Deine Freundinnen scheinen ja ganz schön hartnäckig zu sein, wie echte Detektivinnen. Aber ich bin auch hartnäckig, wie du weißt ...«

Marie schluckte.

Da huschte ein Lächeln über sein Gesicht. »Nur heute bin ich es nicht, ihr habt mich überzeugt. Viel Spaß in Paris, Prinzessin!«

Die Nachricht kam erst ein paar Sekunden später in Maries Gehirn an. Doch dann fiel sie ihrem Vater stürmisch um den Hals. »Danke, danke, danke!«

»Super«, sagte Kim, »dann können wir ja jetzt die Anmeldeformulare im Jugendzentrum abholen!«

Auf nach Paris!

»Na endlich!«, rief Franzi. »Ich dachte schon, dein Vater hat es sich doch noch mal anders überlegt.«

Marie schüttelte lächelnd den Kopf und nahm ihren großen Reisekoffer, den Rucksack und das Beautycase vom Taxifahrer entgegen. Dann rollte sie den Koffer ihren Freundinnen entgegen, die sich mit einer Horde Jugendlicher auf dem Parkplatz vor dem Jugendzentrum versammelt hatten. Der Reisebus stand schon seit einer Weile abfahrbereit da.

»Du bist zu spät«, sagte Kim und tippte vorwurfsvoll auf ihre Armbanduhr, deren Zeiger bereits auf Viertel nach acht standen. »Zwanzig Uhr war ausgemacht.«

Marie wusste, dass Kim nichts so sehr hasste wie Unpünktlichkeit, aber manchmal ließ es sich einfach nicht vermeiden, schließlich musste sie in ihrer Freizeit wesentlich mehr Termine koordinieren als Kim: Aerobicstunden, Gesangs- und Schauspielunterricht und dazu das regelmäßige Schwimm- und Lauftraining.

»Und, was war es diesmal?«, fragte Franzi. »Hast du dich von deinem Schauspiellehrer nicht trennen können?«

»Nee«, sagte Marie. »Ich konnte mich nicht entscheiden, welche Outfits ich mitnehmen sollte. Die Pariserinnen sind doch so wahnsinnig chic angezogen.«

Franzi verdrehte genervt die Augen. »Das ist wirklich ein weltbewegendes Problem. Mensch, du bist doch eh immer so super gestylt!«

Kim grinste. »Tja, bei mir müsst ihr wohl ein Auge zudrücken. Ich hab nur meine verwaschene Lieblingsjeans dabei und ein paar ausgeleierte Rollis.«

Marie ignorierte die Sticheleien der beiden und rieb ihre klammen Hände aneinander. Ein eiskalter Wind fegte über den Parkplatz und trieb einen unangenehmen Nieselregen vor sich her. »Hoffentlich ist es in Paris wärmer.«

»Im Bus ist es auf jeden Fall warm«, sagte Franzi. »Kommt, lasst uns endlich einsteigen!«

Marie nickte. »Steigt schon mal ein und haltet mir einen Platz frei. Ich geb nur schnell meinen Koffer ab.«

Der Busfahrer, ein kleiner Mann mit dunkelbraunen Haaren, die sich am Hinterkopf bereits lichteten, stand vor dem Gepäckraum und verstaute gerade das letzte Gepäck.

»Hier ist noch ein Koffer, er ist leider ein bisschen schwer«, sagte Marie lächelnd und klimperte mit ihren getuschten Wimpern.

Der Busfahrer verzog keine Miene. Er murmelte etwas Unverständliches, packte den Koffer und warf ihn unsanft ins Innere des Gepäckraums.

Marie seufzte. Freundlichkeit schien der ja nicht gerade gepachtet zu haben. Ihr geliebtes Beautycase und ihren Rucksack würde sie ihm garantiert nicht anvertrauen, die Sachen nahm sie lieber mit in den Bus. Als sie zur vorderen Tür kam, stand Tom da, der Reiseleiter, mit einer Teilnehmerliste in der Hand. Er hatte sich schon ganz auf Frankreich eingestimmt, trug einen blau-weiß gestreiften Pulli, hatte einen struppigen Viertagebart und eine zerknautschte Baskenmütze auf dem Kopf.

»Hallo!«, strahlte er sie an. »Du musst Marie sein. Herzlich willkommen an Bord! Das wird eine supertolle Reise, das versprech ich dir. Dafür werde ich nämlich persönlich sorgen!« Er lachte schallend über seinen eigenen Witz. »Wie auch immer, wir werden bestimmt viel Spaß haben.«

Marie starrte ihn entgeistert an. Das, was der Busfahrer an Freundlichkeit zu wenig hatte, hatte Tom eindeutig zu viel. Im Jugendzentrum war ihr das bis jetzt noch nicht aufgefallen, aber Tom war auch noch nicht lange dort, er studierte Sozialpädagogik und hatte erst vor Kurzem sein Praktikum angefangen. Wenn er die ganze Zeit so aufdrehte, konnte die Reise ja heiter werden!

Schnell schob sich Marie an ihm vorbei und stieg in den Bus. Die Plätze waren schon fast alle belegt. Neugierig sah sich Marie nach bekannten Gesichtern um.

Lena, ein Mädchen, das jeden Gitarrenworkshop im Jugendzentrum mitmachte und kaum ein anderes Thema kannte, winkte ihr zu. »Hi, Marie!«

»Hi, Lena!«, sagte Marie.

Neben Lena saß Sofie, die die drei !!! einmal als Zeugin befragt hatten. Leider war deren Horizont auch ziemlich eingeschränkt. Sofie war chatsüchtig und hing oft stundenlang am Computer herum in irgendeinem Chatroom. Sie hatte einen Laptop auf den Knien und reagierte nicht mal, als Marie sie ansprach. Typisch!

Suchend ging Marie weiter durch den Mittelgang nach hinten, aber die meisten kannte sie nur flüchtig vom Sehen und einige waren ein, zwei, Jahre älter als sie. Plötzlich kicherten drei Mädchen gleichzeitig hysterisch los. Oh nein, die Superzicken! Die hatten Marie gerade noch gefehlt. Sonst gingen die drei !!! Verena, Luise und Jasmin konsequent aus dem Weg, sobald sie im Jugendzentrum auftauchten, aber hier im Bus, bei der stundenlangen Nachtfahrt, und später bei den vielen Besichtigungstouren in Paris war das schlecht möglich.

In das Gekicher der Superzicken hinein dröhnten die Stimmen von ein paar Jungs, die anscheinend nicht den ersten Witz des Abends zum Besten gaben. Sebastian, Mathis und Gero – die drei !!! hatten sie vor Kurzem Ballermänner getauft – waren mindestens genauso schlimm wie die Superzicken. Die zwei Cliquen auf einem Haufen, da hatte sie ja wirklich das große Los gezogen.

»Marie, hier sind wir!«, rief Franzi von der letzten Reihe.

Erleichtert ging Marie nach hinten zu ihren Freundinnen, denen es gelungen war, sich die begehrtesten Plätze im Bus zu sichern, und ließ sich erschöpft in ihren Sitz fallen.

»Habt ihr schon gesehen, wer da ist?«, fragte sie und deutete unauffällig zu den beiden Cliquen hinüber.

Franzi nickte düster. »Sind ja nicht zu überhören.«

»Von denen lassen wir uns unsere gute Laune nicht verderben«, sagte Kim und zog eine dunkle Tasche vom Sitz neben sich. »Meine Mutter hat mir im letzten Moment doch noch erlaubt, den Laptop mitzunehmen.«

»Wie hast du das denn geschafft?«, fragte Marie.

Kim grinste. »Erstens war mein Zwischenzeugnis besser, als sie erwartet hatte, und zweitens hab ich ihr versprochen, dass ich ihr ganz viele Postkarten schreibe. Sie liebt es nämlich, bei ihren Wohltätigkeits-Freundinnen mit ausländischen Postkarten anzugeben.«

»Super«, sagte Franzi. »Wir helfen dir natürlich beim Postkartenschreiben.«

In dem Moment wurden sie von Tom unterbrochen, der inzwischen eingestiegen war und zum Mikrofon griff, während der Bus langsam losfuhr. »Hallo, Leute! Bonne nuit zusammen! Wir sind vollzählig und es kann losgehen. Paris, wir kommen, yeah!« Er stieß einen lächerlichen Tarzanschrei aus.

Die Ballermänner und ein paar andere grölten sofort lautstark mit und prompt kicherten die Superzicken wieder los. Marie tauschte einen genervten Blick mit Kim und Franzi.

»Ich heiße übrigens Tom Schüring«, quatschte der Reiseleiter weiter, »und bitte sagt Du und Tom zu mir, sonst fühle ich mich so alt. Aber ich will nicht dauernd von mir reden – hahaha! –, jetzt möchte ich euch unseren sympathischen Busfahrer vorstellen: Er heißt Michael Löhmer und freut sich riesig, wenn ihr ihn auch duzt und Mike zu ihm sagt. Und er kann es kaum erwarten, euch durch Paris zu kutschieren, nicht wahr, Mike?« Der Busfahrer gab keinerlei Reaktion von sich und starrte stur geradeaus auf die Fahrbahn.

Tom lachte trotzdem. »Haha, ihr werdet ihn lieben, unseren Mike! Okay, dann möchte ich euch noch was sagen: Eigentlich wollte Janine, die Betreuerin, die immer dienstags im Jugendhaus ist, mit uns nach Paris. Damit ihr Mädels auch mal eine Ansprechpartnerin habt, haha ... Aber gestern Abend hat sie sich beim Skaten einen Bänderriss zugezogen und kann nicht laufen. Also müssen wir leider ohne Janine die Traumstadt erkunden, schade, schade!« Tom senkte den Kopf und wischte sich eine imaginäre Träne aus dem rechten Auge. Dann zwinkerte er und rief: »Aber ich habe gestern Nacht noch mit dem Team vom Jugendhotel gesprochen, da ist zur gleichen Zeit wie wir eine französische Gruppe mit einem Lehrer und einer Lehrerin da. Sylvie Rouselle, so heißt die Lehrerin, steht bei Bedarf auch unseren Damen hier in der Gruppe mit Rat und Tat zur Seite. Ach ja, sie unterrichtet Deutsch – das heißt, auch diejenigen von euch, die noch kein Französisch können, werden ohne Probleme mit ihr reden können! Na, wenn das nichts ist! Bitte einen Applaus für die hilfsbereite Sylvie – auch wenn wir noch nicht bei ihr sind!« Tom hob die Arme über den Kopf und begann, wild in die Hände zu klatschen und zu pfeifen. Einige aus der Gruppe klatschten mit, die meisten sahen genervt zur Decke.

Franzi seufzte. »Meine Güte, wie lange will der eigentlich noch quatschen?«

Kim grinste nur und sah nach vorne. »Er hat das Mikro schon wieder vor dem Mund, der legt erst richtig los ...«

»Und jetzt werde ich euch noch die wichtigsten Infos geben: Wenn wir gut durchkommen, werden wir morgen um sieben Uhr in Paris bei unserem Jugendhotel ankommen. Es ist ein superschönes Gebäude aus dem 17. Jahrhundert und total zentral gelegen, gleich in der Nähe vom Louvre und der Île de la Cité. Dort werden wir frühstücken und danach eine erste Stadtrundfahrt machen, die uns zum grandiosen Tour Eiffel bringen wird, dem Eiffelturm, yeah!«

Die Hälfte des Busses grölte mit und Marie versuchte, auf Durchzug zu schalten. Hoffentlich quatschte dieser bescheuerte Reiseleiter nicht die ganze Nacht lang weiter.

Leider legte Tom ein erstaunliches Durchhaltevermögen an dem Tag. Eine Weile unterhielten sich die drei !!! noch, aber der Geräuschpegel war einfach zu hoch. Neben Tom sorgten die Ballermänner mit ihren Witzen dafür, dass die Superzicken gar nicht mehr aufhörten zu kichern.

Schließlich gaben es die drei !!! auf. Sie aßen noch ein paar Gummibärchen aus Kims gewaltigem Süßigkeitenvorrat. Dann holte Franzi ihren iPod heraus und stöpselte sich die Ohren zu. Kim schaltete ihren Laptop an. Neugierig schielte Marie auf den Bildschirm, doch Kim legte die Hand darüber.

»Sorry«, sagte sie, »das ist nicht unser normales Detektivtagebuch, sondern mein persönliches Tagebuch.«

»Verstehe«, murmelte Marie und kramte ihren Paris-Reiseführer heraus.

Trotzdem hätte sie nur zu gern gewusst, was Kim wohl gerade schrieb. Ob Michi Millbrandt in ihrem persönlichen Tagebuch vorkam, der den drei !!! schon oft bei ihren Ermittlungen geholfen und in den sich Kim gleich bei ihrem ersten Fall verknallt hatte?

Marie hatte mit ihrer Vermutung tatsächlich mitten ins Schwarze getroffen.

Geheimes Tagebuch von Kim Jülich
Montag, 21:03 Uhr

Warnung: Keiner außer Kim Jülich darf dieses Tagebuch lesen (das gilt auch für Franziska Winkler und Marie Grevenbroich!!!)

Wir sind tatsächlich unterwegs nach Paris! Die Tage davor hab ich es kaum erwarten können, bis es endlich losging, aber jetzt würde ich am liebsten die Notbremse ziehen, aus dem Bus aussteigen und nach Hause zurückrennen. Warum? Nein, es liegt nicht an Franzi oder Marie und auch nicht an Paris. Ich freu mich total auf die Stadt und hoffe schwer, dass wir dort nicht nur als Touris herumlatschen werden, sondern uns als Detektivinnen nützlich machen können. Nein, es liegt einzig und allein an Michi. Ich vermisse ihn jetzt schon und weiß gar nicht, wie ich nur einen Tag ohne ihn aushalten soll, geschweige denn die fünf Tage, die wir weg sein werden!!!

Aber das ist noch lange nicht das Schlimmste. Ich hab Michi nämlich kurz vor unserer Abfahrt eine SMS geschickt und er hat noch nicht geantwortet! Dabei hat er mir (und den anderen) fest versprochen, an uns zu denken. Und wach ist er jetzt um die Uhrzeit sicher auch noch.

Was ist los, Michi? Hast du so viel zu tun? Musst

du heute Abend etwa wieder jobben? Oder ist dein Handy-Akku gerade leer? Bitte melde dich! Bald!!!

Wenn Michi nicht zurücksimsen wird, werde ich die ganze Nacht kein Auge zutun, das weiß ich genau. Wobei das sowieso schwierig werden dürfte bei dem Lärm. Muss mir unbedingt Ohropax reinstopfen und dann werde ich hoffentlich doch irgendwann einschlafen – und wunderschön träumen. Von wem? Dreimal darfst du raten, von M. natürlich!!!

PS: Einen Vorteil hat es übrigens doch, dass ich fünf Tage nicht daheim sein werde: Fünf Tage muss ich mich nicht mit meinen nervigen Zwillingsbrüdern herumschlagen, die mir so tolle Komplimente wie »Fette Planschkuh im Anmarsch!« zurufen. Herrlich! Tja, jetzt müsst ihr euch leider ein anderes Opfer aussuchen, Ben und Lukas!

Marie ertappte sich inzwischen dabei, dass sie ein und denselben Satz, der die Schönheit der Mona Lisa im Louvre beschrieb, schon zum dritten Mal las, ohne seinen Inhalt zu verstehen. Verärgert klappte sie den Reiseführer zu und verstaute ihn in ihrem Rucksack. Dann kuschelte sie sich in ihre warme Wolljacke und versuchte, eine möglichst bequeme Schlafposition zu finden.

»Gute Nacht, Mädels«, murmelte sie.

»Gute Nacht«, sagten Kim und Franzi.

Plötzlich merkte Marie, wie müde sie war. Die letzten Tage waren aber auch extrem anstrengend gewesen mit der blöden Mathelernerei. Und obwohl es immer noch ziemlich laut im Bus war, fiel Marie schon nach ein paar Minuten in einen tiefen, traumlosen Schlaf.

»Aufwachen, Murmeltier!«, rief eine Stimme von weit her, die Marie irgendwie bekannt vorkam.

»Hörst du mich?«, wiederholte die Stimme.

Marie blinzelte. »Kim? Was ist los? Wo bin ich?«

»Du bist immer noch auf dem Planeten Erde«, sagte Kim, »aber du bist nicht zu Hause, denn es sind Ferien und wir sind in ...«

»Paris!«, beendete Franzi den Satz.

Auf einmal war Marie hellwach und richtete sich blitzschnell auf. Durch das Busfenster konnte sie die Seine sehen, obwohl es draußen noch dunkel und der Fluss grau war.

»Endlich wieder in Paris!«, rief sie und presste ihre Nase ans Fenster. War das da vorne etwa schon der Louvre?

Tom ließ keinen Zweifel daran. Er war noch aufgedrehter als am Vorabend und laberte schon wieder pausenlos ins Mikrofon: »Einen wunderschönen guten Morgen, Leute! Herzlich willkommen in Paris, der Stadt der Liebe« – er warf doch tatsächlich Kusshändchen in die Luft! – »und der Seine. Auf der linken Uferseite kommt jetzt die Glaspyramide des Louvre auf uns zu. Bald werdet ihr auf der anderen Seite die Île de la Cité mit der berühmten Kirche Notre-Dame sehen. Und dann sind wir auch fast schon da, denn …«

Seine Stimme ging in den begeisterten Rufen der Jugendlichen unter. Alle quatschten durcheinander und lachten. Die drei !!! waren jetzt auch schrecklich aufgeregt und hielten es kaum noch auf ihren Plätzen aus.

Endlich bog der Busfahrer von der Hauptstraße nach links in eine kleine Seitenstraße ein. Kurz darauf hielt er vor einem eleganten sechsstöckigen Gebäude mit großen Fenstern.

»Voilà!«, verkündete Tom. »Das ist es, unser wunderschönes neues Zuhause!«

Marie konnte es kaum glauben. Im Internet hatte das Jugendhotel viel kleiner und unscheinbarer ausgesehen.

Franzi pfiff durch die Zähne. »Das macht ja echt was her!«

Kim lachte. »Ja, sieht super aus.«

Die drei !!! schnappten sich ihr Handgepäck. Die hintere Bustür ging auf und sofort entstand ein großes Gedrängel. Marie stöhnte. Obwohl sie so nah am Ausgang saßen, würde es sicher ewig dauern, bis sie rauskamen.

Endlich war es so weit. Die drei !!! sprangen auf den Gehsteig. Doch da ging das Gedrängel erst richtig los, jeder wollte seinen Koffer als Erster haben.

»Langsam, langsam!«, sagte Mike und ließ sich nicht aus der Ruhe bringen. Umständlich hievte er einen Koffer nach dem anderen aus dem Gepäckraum.

Marie hatte Glück, ihr Koffer war gleich am Anfang dabei. Als auch Kim und Franzi ihr Gepäck hatten, marschierten die drei !!! schon mal los. Hinter der großen Eingangstür empfing sie eine mächtige Eingangshalle mit einer großen Wendeltreppe. Die Decke war mit Stuck verziert und der Boden mit hellgrauen Marmorplatten ausgelegt.

»Abgefahren!«, entfuhr es Marie.

Die drei !!! stellten ihre Koffer ab und warteten auf die anderen. In der Halle war bereits eine andere Gruppe Jugendlicher, die kurz vor ihnen angekommen sein musste. Marie erkannte sofort, dass es Franzosen waren. Ein paar Jungs sahen ganz süß aus, der mit den schwarzen Locken zum Beispiel oder der da drüben mit den blonden Wuschelhaaren. Trotzdem – Stefan war noch viel, viel süßer als alle französischen Jungs zusammen! Als nach und nach die anderen vom Jugendzentrum dazukamen, war ein einziges Chaos aus Koffern und aufgeregten Jugendlichen in der Eingangshalle. Ein paar Franzosen warfen verstohlene Blicke zu den deutschen Mädchen hinüber.

Tom versuchte, indem er mit einem albernen Regenschirm in der Luft herumwedelte, die Gruppe einzusammeln. »Kommt bitte alle mal her zu mir! Ich möchte sehen, ob auch alle da sind.«

Er fing an, die Köpfe zu zählen, da kreischte plötzlich Verena: »Hilfe!«

Alle drehten sich zu ihr um.

»Vorsicht, Zickenalarm«, murmelte Marie.

»Was ist los?«, fragte Tom.

Verena kreischte weiter: »Mein Koffer ist weg! Er ist einfach weg!«

Der Reiseleiter drängte sich zu ihr durch. »Bist du sicher?«

Verena nickte. »Ja, ganz sicher! Mein Koffer ist plötzlich verschwunden. Was soll ich denn jetzt machen?«

»Typisch Superzicke!«, sagte Franzi verächtlich. »Wetten, ihr Koffer ist gar nicht weg und sie will bloß im Mittelpunkt stehen? Das macht sie im Jugendzentrum auch ständig.«

Marie stöhnte. »Und leider funktioniert es immer wieder. Alle fallen darauf herein.«

»Beruhige dich doch, Verena!«, sagte Tom.

»Dein Koffer taucht bestimmt gleich wieder auf. Hier ist so viel los, da ist es kein Wunder, wenn man mal was nicht findet.«

Verenas große blaue Augen füllten sich mit Tränen. »Ich versteh das nicht, er kann sich doch nicht einfach in Luft auflösen!« Ihre Tränen waren echt.

»Hey, es stimmt anscheinend doch«, raunte Franzi Kim und Marie zu. »Ihr Koffer ist wirklich weg.«

Verena schluchzte: »Mein Koffer, ich *muss* den Koffer wiederfinden!«

»Wir helfen dir suchen«, sagten Luise und Jasmin sofort.

»Wir auch!«, grölten die Ballermänner im Chor.

Auch die Franzosen wurden aufmerksam und der Junge mit den schwarzen Locken fragte: »Kann isch was tun für disch?«

Die drei !!! drängten sich zu Verena vor.

»Wie sah denn der Koffer aus?«, fragte Kim. »Kannst du ihn beschreiben, so genau wie möglich?«

»Er ist dunkelrot, hat zwei große, silberne Schnallen und ...«, fing Verena an.

Plötzlich machte Tom eine hektische Bewegung mit dem Arm und rief barsch: »Nein, lasst das!«

Verwundert sahen alle ihn an.

»Das hat doch keinen Sinn, hier in dem Chaos zu suchen!«, sagte Tom laut. »Wir gehen jetzt erst mal frühstücken und lassen alle die Koffer stehen. Hier kommt nichts weg, keine Sorge. Nach dem Frühstück werden wir dann weitersehen.«

Verena starrte ihn mit offenem Mund an. »Aber mein Koffer ...«

»Keine Widerrede!«, sagte Tom, der auf einmal gar nichts mehr von seiner kumpelhaften, fröhlichen Art hatte. »Los, kommt mit!«

Die drei !!! sahen sich an und dachten alle dasselbe: Da war doch was oberfaul! Warum sträubte sich Tom auf einmal mit Händen und Füßen dagegen, den Koffer zu suchen? Warum behauptete er, dass hier nichts wegkam, schließlich war Verenas Koffer ja schon verschwunden? Wollte er irgendwas vertuschen? Hatte er etwa selbst etwas mit dem Verschwinden des Koffers zu tun?

Lauter offene Fragen und Marie spürte wieder dieses merkwürdige Kribbeln im Bauch. Das konnte nur eines bedeuten: Die drei !!! hatten einen neuen Fall!

Rätsel um einen Koffer

Eine Sekunde lang überlegte Marie, ob sie ihren Koffer lieber mit in den Speisesraum nehmen sollte, aber dann kam sie sich doch ein bisschen lächerlich vor. Falls Tom wirklich ein Dieb war, würde es jetzt viel zu sehr auffallen, wenn er gleich noch mehr Gepäck verschwinden lassen würde.

Der Speiseraum des Jugendhotels war zwar nur halb so groß wie die Eingangshalle, aber trotzdem fast genauso imposant. Ein halbes Dutzend Säulen trugen die hohe Decke und die Wände waren mit edlem braunen Holz verkleidet. Zehn lange Tische standen nebeneinander aufgereiht. An zweien davon saß bereits die französische Gruppe.

Marie, die sonst bestimmt noch mal nach den beiden süßen Franzosen Ausschau gehalten hätte, hatte jetzt keine Zeit dafür. Die drei !!! ließen Tom nicht aus den Augen und richteten es geschickt so ein, dass sie mit ihm an einem Tisch landeten. Die Superzicken wichen dem Reiseleiter leider auch nicht von der Seite.

Verena war immer noch völlig aufgelöst. »Was ist jetzt mit meinem Koffer, ich will meinen Koffer wiederhaben ...«

Tom ging nicht darauf ein und sagte stattdessen: »Luise, Jasmin, Verena? Holt ihr bitte das Frühstück ab? Es steht da vorne auf der Theke.«

Widerstrebend zogen die Superzicken ab.

Sobald die drei weg waren, holte Tom sein Handy raus und tippte hektisch drauflos. Marie beugte sich zu ihm hinüber, aber das Display war zu klein, sie hatte keine Chance zu erkennen, an wen er gerade eine SMS verschickte. An einen Komplizen vielleicht?

Da kamen die Superzicken auch schon zurück. Luise stellte eine riesige Schüssel mit Baguettestückchen auf dem Tisch ab, Jasmin stellte zwei Schalen mit Marmelade und Frischkäse daneben. Verena hatte nichts mitgebracht.

»Und wo ist der Milchkaffee?«, fragte Tom.

Da sprang der Junge mit den schwarzen Locken vom Nebentisch auf. »Isch kann ihn holen für disch.«

Verena lehnte ab. »Nein, das mach ich selbst!«

»Aber isch kann dir helfen nachher, Verena, den Koffer suchen. Isch bin übrigens Christophe und ...«

»Nein!«, fuhr Verena ihn wütend an. »Lass mich in Ruhe! Ich komm schon allein zurecht.«

Marie schüttelte den Kopf. Blöde Zicke! Jetzt ließ sie ihre schlechte Laune auch noch an dem unschuldigen Franzosen aus, dabei wollte der ihr doch nur helfen. Enttäuscht setzte sich Christophe wieder hin.

Inzwischen stürzten sich die Franzosen auf die Baguettestückchen, bestrichen sie mit Marmelade oder Frischkäse und tunkten sie doch glatt in die großen Schalen mit Milchcafé. Dabei quatschten und lachten alle laut. Kim sah in die verwunderten Gesichter der deutschen Gruppe und verzog die Mundwinkel. »Iieh, ist das eklig!« Franzi tunkte bereits ihr Baguette ohne mit der Wimper zu zucken ein. »Das ist hier eben so. Andere Länder, andere Sitten. Schmeckt aber echt gut!« Mike stopfte das Frühstück in sich hinein, ohne ein Wort zu reden, während Tom fast nichts aß. Marie hatte auch keinen Hunger. Viel zu viele Fragen schwirrten in ihrem Kopf herum. Während sie in kleinen Schlucken ihren Milchkaffee trank, beobachtete sie über den Rand der Tasse Tom. Der hatte wieder sein fröhliches Lächeln aufgesetzt, aber es wirkte wie eine Maske.

»Lasst es euch schmecken, Leute! Ja, das ist echtes französisches Baguette, das kracht herrlich zwischen den Zähnen, was?«

Die drei !!! konnten es kaum erwarten, bis das

Frühstück vorbei war. Die Franzosen hatten den Speisesaal längst verlassen.

Da stand Tom endlich auf und rief: »So, jetzt werden wir die Zimmer beziehen. Im ersten Stock sind die Mädchen untergebracht und im zweiten Stock die Jungen …«

»Schade!«, riefen die Ballermänner laut.

Tom redete einfach weiter: »Wie ihr wisst, gibt es Drei- und Vierbettzimmer. An den Türen kleben Zettel mit euren Namen, ich hab eure Wünsche an die Hotelchefin weitergegeben.«

»Und was ist mit meinem Koffer?«, fragte Verena wieder.

»Darum kümmere ich mich sofort, wenn ihr alle eure Zimmer bezogen habt«, sagte Tom. »Bitte, Verena, geh jetzt auch erst mal auf dein Zimmer!«

Verena war alles andere als begeistert, doch Luise und Jasmin hakten sich bei ihr unter und verschwanden mit ihr im Treppenhaus. Die drei !!! folgten den Superzicken.

Im Gegensatz zu den Räumen im Erdgeschoss waren die Zimmer im ersten Stock sehr einfach ausgestattet. Nur das Notwendigste befand sich darin: Stockbetten, zwei Schränke, Tisch, Waschbecken und hinter einer Trennwand eine winzige Dusche. Die Toiletten waren draußen auf dem Flur.

Gleich beim ersten Zimmer stand an der Tür: »Kim, Franzi und Marie«. Die drei !!! sahen sich in dem kleinen, gelb gestrichenen Zimmer um, dessen Fenster auf den Parkplatz des Hotels hinausging, und warfen ihr Gepäck ab.

Dann drehte sich Franzi grinsend zu ihren Freundinnen um. »Wer hätte das gedacht? Das sieht doch alles nach einem neuen Fall für uns aus, oder?«

»Exakt!«, sagte Marie. »Endlich können wir wieder ermitteln. Wir sollten gleich diesen Tom noch mal unter die Lupe nehmen. Das ist unser Hauptverdächtiger.«

»Gute Idee«, sagte Kim. »Aber vorher müssen wir noch dringend was Wichtiges erledigen.«

»Was kann denn jetzt so furchtbar wichtig sein?«, fragte Franzi und trat ungeduldig von einem Bein aufs andere.

Kim lächelte. »Unser Schwur natürlich!«

»Ach so«, sagte Marie. »Dann aber schnell!«

Franzi, Kim und Marie stellten sich im Kreis auf, streckten die Arme aus und legten die Hände übereinander. Dann riefen sie im Chor: »Die drei !!!« Kim flüsterte: »Eins!«, Franziska: »Zwei!«, und Marie: »Drei!«. Zum Schluss hoben sie gleichzeitig die Hände in die Luft und riefen: »Power!«

Kaum war das letzte Wort verklungen, hörten

die drei !!! weiter vorne aus dem Flur einen durchdringenden Schrei: »Neeiiin! Das gibt's doch nicht!«

Verena! Was um Himmels willen war jetzt schon wieder mit ihr passiert? Sofort stürzten die drei !!! los. Drei Zimmer weiter fanden sie Verena. Sie zeigte mit zitternden Fingern auf einen dunkelroten Koffer mit zwei großen, silbernen Schnallen, der mitten im Raum stand.

»Ist das etwa ...?«, fragte Marie.

Die Superzicken hatten gar nicht bemerkt, dass die drei !!! hereingekommen waren.

»Mein Koffer«, flüsterte Verena. »Er ist plötzlich wieder da ...« Dann kreischte sie hysterisch, fiel Luise und Jasmin um den Hals und tanzte mit ihnen durchs Zimmer.

Die drei !!! warteten, bis sich die Superzicken wieder beruhigt hatten.

Dann räusperte sich Franzi. »Äh, Entschuldigung, wir wollen eure Euphorie ja nicht bremsen, aber können wir Verena vielleicht ein paar Fragen stellen?«

Die Superzicken fuhren herum.

Luise warf ihre rot getönten, langen Haare mit einem Schwung nach hinten. »Was macht *ihr* denn hier?«

»Habt ihr euch verlaufen?«, fragte Jasmin.

»Sonst redet ihr doch auch nicht mit uns«,

sagte Verena. »Also, warum sollte ich dann bitte eure Fragen beantworten?« Mit verschränkten Armen bauten sich die Superzicken vor den drei !!! auf.

Da griff Kim zu einem Mittel, das sie eigentlich nicht hatte einsetzen wollen. Sie holte aus ihrer Hosentasche eine Visitenkarte der drei !!! und hielt sie Verena hin.

Die nahm sie und las halblaut vor, was darauf stand:

»Ja und?«, fragte Verena und machte einen nicht gerade intelligenten Gesichtsausdruck.

»Das sind wir«, erklärte Franzi geduldig. »Wir sind Detektivinnen, ziemlich erfolgreiche sogar, und haben schon vier Fälle gelöst. Vielleicht habt ihr ja mal was von uns gehört.«

Langsam ratterte es in den Gehirnen der Superzicken.

»Ja, stimmt«, erinnerte sich Jasmin. »Ihr habt dabei geholfen, die Chatbetrüger zu fassen, oder? Sofie hat es uns erzählt.«

»Cool!«, entfuhr es Luise.

Verena warf ihr einen strafenden Blick zu. »Das ist ja alles schön und gut, aber was hat das mit mir zu tun?«

»Wir glauben, dass hier was faul ist«, sagte Marie. »Wir würden uns gern genauer mit diesem Fall auseinandersetzen und euch helfen. Warum verschwindet dein Koffer, Verena, und taucht plötzlich wieder auf? Das kann kein Zufall sein, im Gegenteil: Wir haben es hier mit einem besonders raffinierten Täter zu tun, der offenbar genau wusste, was er tat.«

Verena zögerte. Dann kam sie endlich von ihrem hohen Ross herunter und nickte. »Ihr habt recht. Okay, fragt mich, was ihr wissen wollt.«

Kim holte ihr Heft, das sie als Detektivtagebuch für unterwegs benutzte, aus der Hosentasche und zückte den Kugelschreiber. »Weißt du, wie der Koffer in euer Zimmer gekommen ist?«

»Keine Ahnung«, sagte Verena. »Er stand schon da, als wir reinkamen.«

»Ihr habt also niemanden gesehen, der aus eurem Zimmer kam?«, fragte Franzi.

Die Superzicken schüttelten die Köpfe.

»Auch keinen Verdacht, wer es gewesen sein könnte?«, hakte Franzi nach.

Wieder schüttelten die Superzicken nur die Köpfe.

Während Kim sich die Antworten notierte, machte Marie weiter: »Okay, wurde der Koffer beschädigt oder geöffnet?«

»Ich glaub nicht«, sagte Verena. »Aber so genau hab ich ihn mir noch gar nicht angesehen.«

»Dürfen wir das tun?«, fragte Kim.

Verena nickte. »Klar.«

Kim beugte sich zum Koffer hinunter und überprüfte ihn auf Kratzspuren am Schloss. Franzi und Marie kontrollierten zur Sicherheit auch noch die silbernen Schnallen.

»Nichts zu sehen«, stellte Marie schließlich fest.

»Eins ist schon mal klar«, sagte Kim. »Der Koffer wurde nicht gewaltsam geöffnet. Er könnte natürlich trotzdem geöffnet worden sein, von jemandem, der einen Schlüssel hatte. Wie viele Schlüssel gibt es zu diesem Koffer?«

»Zwei«, antwortete Verena und kramte in ihrer Hosentasche. »Der Ersatzschlüssel liegt zu Hause und den hier hab ich die ganze Zeit bei mir gehabt.«

Kim kritzelte alles eifrig in ihr Heft.

Inzwischen war Marie etwas Wichtiges eingefallen. »Wir kommen zur entscheidenden Frage: Hast du schon nachgesehen, ob etwas fehlt, Verena?«

»Nein, natürlich nicht«, sagte Verena. »Dazu hatte ich keine Zeit und ihr seid ja sofort da gewesen.«

Die drei !!! tauschten einen zufriedenen Blick. Wunderbar, das lief ja alles nach Plan. Sie waren wieder mal zur rechten Zeit am rechten Ort gewesen.

»Gut«, sagte Franzi. »Dann mach jetzt bitte vor unseren Augen den Koffer auf und sieh nach, ob noch alles da ist.«

Verena wuchtete den Koffer auf den Tisch, löste die Schnallen und steckte den kleinen Schlüssel ins Schloss. Die Luft im Zimmer knisterte vor Spannung. Marie hielt den Atem an. Jetzt war der Koffer offen. Eine Unmenge an Kleidern und Schuhen quoll heraus, Verena wollte offenbar auch mit den schicken Pariserinnen mithalten. Vorsichtig nahm sie ein Teil nach dem anderen heraus und legte es neben den Koffer. Quälend langsam verstrichen die Minuten. Endlich, nach einer halben Ewigkeit, war der Koffer leer.

Verena hob den Kopf und strahlte. »Es ist alles noch da!«

»Bist du sicher?«, fragte Kim.

»Hundertprozentig sicher«, sagte Verena. »Ich hab mir ganz genau überlegt, was ich alles nach Paris mitnehme und was nicht.«

Marie glaubte ihr sofort. Sie hätte den Inhalt ihres eigenen Koffers auch im Schlaf hersagen können.

Die drei !!! sahen sich kurz an und nickten. Kim steckte ihr Heft wieder ein und sagte: »Danke, Verena, das wär erst mal alles. Du hast uns sehr geholfen. Ihr natürlich auch, Luise, Jasmin. Falls euch noch was Verdächtiges auffällt, meldet euch bitte bei uns, gern auch auf unseren Handys, dann bleibt das Ganze unter uns. Die Nummern stehen hinten auf unserer Visitenkarte.«

Franzi, Kim und Marie wandten sich zur Tür und wollten gehen.

»Wartet!«, rief Luise ihnen nach. »Was passiert denn jetzt?«

Franzi drehte sich um. »Wir bleiben weiter an dem Fall dran. Wer weiß, vielleicht verschwindet Verenas Koffer ja noch mal – oder ein anderer.«

»Und … habt ihr schon einen Verdächtigen?«, wollte Verena wissen.

Die drei !!! seufzten. Den Superzicken musste man aber auch alles erklären.

»Sorry«, sagte Marie stellvertretend für die anderen, »aber über Einzelheiten unserer Ermittlungen können wir leider keine Auskunft geben. Ihr versteht das hoffentlich.«

Luise, Jasmin und Verena verzogen die Gesichter. Für einen Moment kam wieder ihre zickige Art hoch, aber sie rissen sich gerade noch rechtzeitig zusammen und lächelten.

Marie lächelte zurück. Zum Glück hatte sie kein Problem damit. Eins hatten die drei !!! bei ihren bisherigen Fällen nämlich gründlich gelernt: Detektivarbeit und Privatleben strikt zu trennen.

Aufregung am Eiffelturm

Vor lauter Ermittlungen hätten die drei !!! beinahe vergessen, wo sie eigentlich waren: in der aufregenden Metropole Paris. Tom erinnerte sie allerdings schnell wieder daran. Plötzlich klopfte es an der Tür, und ohne ein »Herein« abzuwarten, stand er in der Zimmertür und checkte die Lage.

»Dein Koffer ist aufgetaucht, Verena?«, fragte er.

»Ja«, sagte Verena. »Und es ist alles noch drin.«

Tom strahlte sichtlich erleichtert. »Siehst du? Ich hab's doch gleich gesagt. Ich hab's gewusst! Na also, dann kann ja jetzt unsere Stadtrundfahrt losgehen. Kommt schnell, die anderen warten schon auf euch.« Hastig verließ er das Zimmer, um diesen unerfreulichen Zwischenfall so schnell wie möglich hinter sich zu lassen. Franzi, Kim und Marie hefteten sich an seine Fersen. Kurze Zeit später saßen alle im Bus. Diesmal hatten sich die drei !!! Plätze in der zweiten Reihe ausgesucht, um Tom besser im Auge zu haben.

Der übernahm wieder die Rolle, die er am

liebsten spielte: die des aufgekratzten, ohne Punkt und Komma redenden Reiseleiters. Marie schaltete auf Durchzug und sah sich die Umgebung lieber selbst an. Ach, es war herrlich, wieder in Paris zu sein! Wenn nur Stefan jetzt auch hier sein könnte, dann wäre es noch viel schöner. Unwillkürlich entfuhr ihr ein sehnsuchtsvoller Seufzer.

Franzi sah Marie von der Seite an. »Was ist denn mit dir los? Denkst du etwa an Stefan?«

»Wie kommst du denn darauf?«, fragte Marie so unschuldig wie möglich.

»Also doch«, stellte Franzi trocken fest. »Kim simst auch schon wieder an ihren Michi. Mensch, Leute, wir sind in Paris! Könnt ihr euch mal wenigstens für ein paar Tage die Jungs aus dem Kopf schlagen?«

Kims Kopf schnellte in die Höhe. »Er ist nicht *mein* Michi, wie oft soll ich dir das noch sagen?«

Eine Reihe hinter ihr meldete sich Gero zu Wort: »Wer ist denn dieser Michi? Gehst du etwa mit ihm?« Die Ballermänner grölten vor Lachen.

»Lasst mich in Ruhe!«, zischte Kim und wurde knallrot.

Zum Glück lenkte Tom die Aufmerksamkeit wieder auf sich. Nachdem sie ein Stück des Wegs von der Herfahrt zurückgefahren waren, überquerten sie nun die Pont au Change und kamen auf die Île de la Cité. Tom schwärmte ausführlich von Notre-Dame und alle Köpfe drehten sich nach links.

Da stupste Marie ihre Freundinnen an. »Seht lieber rechts rüber! Erkennt ihr den Justizpalast mit den bulligen Türmen?«

»Ja, klar«, sagte Franzi. »Und was ist daran so spannend?«

»Direkt daneben ist das Polizeipräsidium«, erklärte Marie. »Mein Vater hat es mir mal gezeigt. Aber das Beste ist: Hier hat einer der ersten Fernsehkommissare sein Büro gehabt: Kommissar Maigret. Papa hat alle Folgen der uralten Serie aus den 60er-Jahren mit Rupert Davies auf DVD. Die ist so schräg, dass sie schon wieder gut ist.«

Kims Augen leuchteten. »Die müssen wir uns unbedingt zusammen ansehen.«

»Jederzeit«, sagte Marie. »Nur heute ist es ein bisschen schlecht.«

Kim und Franzi lachten.

Mike fuhr jetzt auf der anderen Seineseite in Richtung Place de la Concorde. Marie erkannte die Gegend wieder und fühlte sich sofort wie zu Hause. Paris war einfach toll: Alles hier war XXL: die Straßen, die eleganten Stadthäuser, die Kirchen, Parks und die Museen. Wahrscheinlich konnte man Jahre in Paris verbringen und würde dennoch immer wieder etwas Neues entdecken.

Dann überquerten sie auch schon den Place de la Concorde mit dem imposanten Obelisken aus Ägypten und den beiden großen Bronzebrunnen. Tom legte ein Schaudern in seine Stimme, als er erzählte, wie hier, auf dem ehemaligen Platz der Revolution, das Schafott gestanden hatte, auf dem Tausende Opfer ums Leben gekommen waren, unter anderen die französische Königin Marie Antoinette.

Und weiter ging es, auf den berühmten Champs-Élysées, der 71 Meter breiten Prachtstraße, die langsam, aber sicher auf den Arc de Triomphe zuführte. Auf den sechs Spuren drängten sich die Autos dicht aneinander. Auch das gehörte zu Paris: Stau XXL.

Franzi, Kim und Marie machte es nichts aus. So hatten sie genug Zeit, um alles zu bestaunen: die Kastanienalleen, die jetzt leider ohne Laub waren, und später dann die großen Kinos, Cafés und Banken. Das Wetter meinte es gut mit ihnen, die Wolken lichteten sich und eine blasse Februarsonne brachte die hellen Fassaden und Dächer zum Leuchten.

Als der Busfahrer schließlich den gewaltigen Triumphbogen Napoleons erreichte und links abbog, wusste Marie sofort, welches Ziel er jetzt ansteuerte: den Eiffelturm. Bald tauchte er vor ihnen auf: erst noch klein wie ein Spielzeug, dann größer und größer, eine beeindruckende Konstruktion aus Stahl.

»Voilà!«, rief Tom. »Jetzt werden wir mal sehen, wie fit ihr seid. 274 Meter sind es bis zur obersten Plattform, das schafft ihr doch locker, oder?«

»Kein Problem!«, rief Franzi.

Kim sah ihre sportliche Freundin entsetzt an. Im Gegensatz zu Franzi fand sie die Aussicht auf eine schweißtreibende Quälerei alles andere als verlockend.

»Haha!«, lachte Tom. »War nur ein Scherz, wir nehmen natürlich den Aufzug.«

Kim atmete erleichtert auf.

Dann durften sie aussteigen und den drei !!! ging es wie allen anderen Touristen vor ihnen und nach ihnen: Unter dem riesigen unteren Bogen kamen sie sich so klein wie Ameisen vor. Franzi reckte den Kopf in die Höhe und sah sich das undurchdringliche Geflecht aus Eisen genauer an. »Wahnsinn, wie dünn diese Stangen aussehen!«

Tom organisierte inzwischen die Tickets für den Aufzug. Erst war Kim etwas enttäuscht, weil sie nicht zur obersten Plattform, sondern nur auf die mittlere mit 115 Metern hinauffuhren, doch als sie aus dem Lift stieg und an das Gitter trat, änderte sie ihre Meinung sofort wieder: Von hier aus hatte man einen fantastischen Blick auf die Straßen und Gebäude von Paris. Jedes einzelne Monument trat im Sonnenlicht des klaren Tages gestochen scharf hervor. Wie hell die Dächer waren, viel heller als in Deutschland! Und wie lustig das Verkehrschaos der Autos, die wie Spielzeug aussahen, von hier oben wirkte.

Marie trat neben Kim und Franzi und stellte den Kragen ihres neuen petrolfarbenen Mantels hoch. Trotz Sonne wehte hier oben ein eiskalter Wind. »Genial, was? Mit meinem Vater war ich natürlich auch hier oben und nachher hat er mich ins Restaurant im ersten Stock eingeladen, das war ...«

Franzi und Kim drehten ihre Köpfe weg.

»He!«, beschwerte sich Marie. »Ihr hört mir ja gar nicht zu.«

»Psst!«, zischte Franzi und machte eine unauffällige Kopfbewegung.

Jetzt sah Marie es auch. Tom hatte sein Handy aus der Jackentasche gezogen und starrte auf das Display. Offenbar hatte er gerade eine SMS bekommen. Auf einmal wurde er bleich und murmelte: »Shit!«

Das schien ja keine gute Nachricht gewesen zu sein, dachte Marie. Von wem sie wohl kam? Von seinem Komplizen, der auch etwas mit dem

Verschwinden von Verenas Koffer zu tun hatte? Nervös steckte Tom sein Handy zurück in die rechte Jackentasche. Als er sich wieder an die Gruppe wandte und ihnen die einzelnen Gebäude erklärte, waren seine Bewegungen fahrig und seine Stimme krächzte heiser. Keinem schien es aufzufallen, den drei !!! natürlich schon. Maries sämtliche Sinne schalteten sofort auf Alarmbereitschaft.

Bald drängte Tom zur Eile. »Habt ihr alles gesehen? Herrliche Aussicht, n'est-ce pas? Bon, alors, dann fahren wir wieder runter. Kommt!«

»Was, jetzt schon?«, fragte Lena.

»Ja!«, sagte Tom und klatschte in die Hände. »Los, kommt, ich kenne ein nettes Café in der Nähe, da machen wir Mittagspause.«

Zehn Minuten später saß die Gruppe in einem gemütlichen Café mit Stuck an der Decke und Jugendstilgemälden an der Wand. Um alle nebeneinandersitzen zu können, hatten sie ein paar der kleinen Bistrotische zusammengerückt.

»Ich geb eine Runde Cola aus!«, verkündete Tom und winkte dem Kellner.

»Yeah!«, brüllten die Ballermänner und die Superzicken kicherten.

Die drei !!! tauschten einen Blick. Der Reiseleiter verhielt sich immer merkwürdiger. Mit seiner Freigebigkeit wollte er doch eindeutig ablenken.

Der Kellner brachte die Colas auf einem großen Tablett.

»Santé!«, rief Tom, hob sein Glas und stürzte es in einem Zug hinunter. Dann sprang er plötzlich auf und steuerte auf die Herrentoilette zu. Seine Jacke, die er über den Stuhl geworfen hatte, ließ er hängen. Das war die Gelegenheit.

Kim und Franzi hatten dieselbe Idee wie Marie. Sie verständigten sich kurz, dann schritt Franzi, die den Platz links neben Tom hatte, zur Tat. Beiläufig, während sie weiter mit Marie und Kim plauderte, zog sie Toms Handy aus der rechten Jackentasche. Schnell ging sie ins Menü zu den eingegangenen SMS und öffnete die letzte, die Tom oben auf dem Eiffelturm erhalten hatte. Unter dem Bistrotisch hielt sie Kim und Marie das Handy hin.

Aufgeregt beugte sich Marie darüber und überflog hastig die Nachricht auf dem erleuchteten Display:

Hallo Tom!
Wie konnte das bloß
passieren mit dem Koffer?
Wenn das noch einmal
vorkommt, wirst du es
bereuen. Dann muss ich

Bevor Marie den Satz zu Ende lesen konnte, zog Franzi das Handy zurück und flüsterte: »Objekt im Anmarsch!«

Blitzschnell ging sie zurück ins Hauptmenü und ließ das Handy in der Tasche des Reiseleiters verschwinden. Keine Sekunde zu früh, denn schon plumpste Tom auf seinen Platz und sah sich nervös um.

Die drei !!! setzten die harmlosesten Gesichter der Welt auf.

»Hat super geschmeckt, die Cola«, sagte Kim und leckte sich über die Lippen. »Danke!«

»Gern geschehen«, murmelte Tom und entspannte sich etwas.

Glück gehabt!, dachte Marie. Er hat keinen Verdacht geschöpft. Aber eins ist klar: Verdächtig ist der Typ mehr denn je.

In der Höhle des Löwen

Franzi, Kim und Marie konnten es kaum erwarten, bis das Touristen-Programm des ersten Tages vorbei war. Nach dem Eiffelturm kehrte die Gruppe zur Île de la Cité zurück und besichtigte ausführlich Notre-Dame. Die drei !!! waren kaum bei der Sache, obwohl die mächtige gotische Kathedrale sie sonst sicher beeindruckt hätte. Aber alle drei hatten nur einen Gedanken: wann sie endlich zurück im Jugendhotel sein würden und ungestört in ihrem Zimmer das weitere Vorgehen besprechen konnten.

Endlich war es so weit. Eine halbe Stunde vor dem Abendessen entließ Tom seine Schäfchen auf die Zimmer. Marie, Kim und Franzi rannten in den ersten Stock und sperrten ihr Zimmer sorgfältig ab, damit niemand in ihre geheime Unterredung hineinplatzte.

Erschöpft ließ sich Kim auf ihr Bett fallen. »Ich bin völlig fertig mit den Nerven. Als Tom vom Klo zurückkam, war ich mir todsicher, dass er uns erwischt hat.«

»Hat er aber nicht«, sagte Franzi und kicherte.

Marie zog vor dem Spiegel schnell ihren Lippenstift nach. Dann drehte sie sich triumphierend zu den anderen um. »Jetzt wissen wir es definitiv: Tom steckt ganz tief drin in der Sache. Und er hat einen Komplizen, nein, wahrscheinlich ist es kein Komplize, sondern sein Auftraggeber. Der Ton der SMS war ja ziemlich hart.«

Kim nickte. »Zu dem Schluss bin ich auch gekommen. Offenbar haben die beiden den Diebstahl von langer Hand geplant und Tom hat die Sache versaut. Jetzt ist sein Auftraggeber zu Recht sauer und droht mit Konsequenzen.«

»Echt doof, dass wir den Schluss der SMS nicht mehr lesen konnten«, sagte Franzi. »Ich hätte zu gern gewusst, was der Auftraggeber Tom angedroht hat. Wenn ich daran denke, wie unser lieber Reiseleiter oben auf dem Eiffelturm eingeknickt ist, muss es ja was ziemlich Heftiges sein.«

Kim wickelte einen Schokoriegel aus und biss genüsslich hinein. »Tja«, sagte sie mit vollem Mund, »Verbrecher gehen nun mal nicht besonders zimperlich miteinander um. Das ist eben der Preis, den man zahlt, wenn man sich in dem kriminellen Milieu bewegt.« Dann steckte sie den Riegel schnell wieder weg, weil sie wegen der Kalorien ein schlechtes Gewissen bekam. Außerdem gab es ja gleich Abendessen ...

»Okay«, fasste Marie zusammen, »wir wissen also, dass Tom unser Hauptverdächtiger ist. Aber bis jetzt können wir nichts beweisen. Das muss sich ändern. Hat jemand von euch irgendeine Idee, wie wir weiter vorgehen könnten?«

Franzi schwang sich mit einem lässigen Klimmzug auf das obere Stockwerkbett und ließ die Beine herunterbaumeln. »Ja, klar, ich hab eine Idee.«

Marie und Kim sahen sie erwartungsvoll an.

»Rück schon raus damit!«, rief Kim.

Franzi grinste. »Ganz einfach: Wir machen eine kleine Zimmerdurchsuchung bei Tom. Ohne Durchsuchungsbefehl natürlich, aber auf Formalitäten haben wir ja noch nie großen Wert gelegt, oder?«

Kim schnappte nach Luft. »Spinnst du? Das ist Einbruch und ... und ... und viel zu gefährlich!«

»Hast du Angst?«, fragte Franzi. Es war ein offenes Geheimnis, dass Kim oft weiche Knie bekam, wenn es bei den Ermittlungen besonders brenzlig wurde, aber bis jetzt hatte sie ihre Angst immer rechtzeitig in den Griff bekommen.

»Ich hab keine Angst!«, verteidigte sie sich. »Ich kalkuliere nur alle Gefahren und Risikofaktoren mit ein. Und was mir da noch gerade einfällt: Die Sache können wir eh vergessen, wir kommen nie und nimmer in Toms Zimmer, oder willst du zur Rezeption gehen, dich als Toms Nichte ausgeben und einfach nach dem Schlüssel fragen?«

Da schaltete sich Marie ein. »Also wenn es darum geht, in Toms Zimmer zu kommen, das dürfte kein großes Problem sein. Die Schlösser hier sind total altmodisch und nicht gerade kompliziert, die könnte ich leicht knacken.«

Franzi sah Marie grinsend an. »Ach so, klar! Das hat dir ja dein Vater gezeigt.«

»Ja«, sagte Marie. »Es ist schon spannend, was er so alles für seine Rolle als Fernsehkommissar lernen musste. Und in die Kunst, Schlösser zu knacken, hat er mich natürlich gleich eingeweiht. Ist ein bisschen knifflig, aber wenn man mal den Bogen raushat, geht es wie von selbst.«

Kim biss sich auf die Lippe und sah unschlüssig von einer zur anderen. »Also ich weiß nicht ... Findet ihr wirklich, dass wir das tun sollten?«

»Natürlich!«, sagte Marie.

»Klar!«, sagte Franzi.

Schließlich gab sich Kim einen Ruck. »Ihr habt ja recht. Dieser Tom hat es nicht anders verdient.«

»Na also!«, sagte Franzi und klopfte Kim auf die Schulter. »Dann müssen wir nur noch zwei Dinge klären: wo Tom sein Zimmer hat und wann die Aktion starten soll.«

»Ich weiß, wo Tom wohnt!«, rief Kim. »Ich hab zufällig gehört, wie er sich mit dem Busfahrer darüber unterhalten hat. Er hat sich nämlich beschwert, dass er so ein kleines Zimmer hätte, ganz am Ende vom Flur im dritten Stock.«

»Gut«, sagte Marie »Wenn es nach mir geht, sollten wir die Aktion so bald wie möglich durchziehen.«

Kim überlegte. »Am besten dürfte es während des Abendessens sein. Da sind alle unten im Speisesaal und du hast freie Hand.«

»Einverstanden«, sagte Marie. »Sobald ich die ersten zwei Gänge verdrückt habe, mach ich mich auf die Socken. Wollen wir doch mal sehen, was unser Tom so alles in seinem Zimmer herumliegen hat!«

»So spät erst?«, fragte Franzi. »Dann ist doch das Essen gleich vorbei.«

Marie lachte. »Du kennst die Franzosen nicht. Bei denen gibt es immer mindestens drei Gänge.«

Marie sollte recht behalten. Als die drei !!! kurz darauf zum Speisesaal hinuntergingen, entdeckten sie an der Tür einen Wochenplan, auf dem die Abendmenüs aufgelistet waren. Jeden Tag gab es sage und schreibe fünf Gänge!

Kim schluckte. Warum war sie nur vorher so gierig gewesen und hatte sich unbedingt einen halben Schokoriegel reinziehen müssen? Wenn sie nicht aufpasste, würde sie noch als Kugel nach Deutschland zurückrollen.

Als Marie, Kim und Franzi den Speisesaal betraten, winkten ihnen sofort die Superzicken entgegen.

Verena rief auch noch quer durch den Raum: »Hier sind wir! Wir haben euch drei Plätze frei gehalten.«

Lena, Sofie und ein paar andere Mädchen drehten sich herum und sahen die drei !!! spöttisch an. Wie oberpeinlich! Jetzt dachten sie garantiert, dass sich Marie, Franzi und Kim mit den Superzicken angefreundet hatten.

Es blieb ihnen nichts anderes übrig. Wenn sie nicht weiter auffallen wollten, mussten sie sich zu den Superzicken setzen. Stoisch ergaben sie sich in ihr Schicksal.

»Hallihallo!«, rief Luise.

Jasmin beugte sich über den Tisch. »Und, habt ihr schon was herausgefunden?«

Noch auffälliger ging's ja wohl kaum! Ein paar Leute am Tisch hoben interessiert die Augenbrauen.

Kim warf den Superzicken einen warnenden Blick zu.

»Ja«, sagte Franzi, »Paris ist wirklich klasse!«

Verständnislosigkeit bei den Superzicken. Doch nach ein paar Sekunden, als der erste Gang aufgetragen wurde – salade piémontaise –, checkten sie es endlich und stellten zum Glück keine weiteren Fragen mehr.

Kim reichte den Salat an Marie weiter. Die schaufelte sich eine große Portion auf den Teller und fing an zu essen. Doch obwohl sie tierisch Hunger hatte, brachte sie kaum einen Bissen hinunter. Auf einmal war sie schrecklich aufgeregt. Wenn nun doch etwas schiefgehen würde? Wenn Tom während des Abendessens plötzlich einfiel, dass er etwas in seinem Zimmer vergessen hatte? Quatsch! Jetzt war sie schon genauso ängstlich wie Kim.

Beim zweiten Gang – paniertem Fisch mit Salzkartoffeln – wurde sie trotzdem unruhig. Schnell nahm sie ein paar Bissen und sah auf die Uhr. Schon eine Viertelstunde war vergangen! Höchste Zeit, dass sie den Abflug machte.

Mit einem gequälten Gesichtsausdruck legte sie Gabel und Messer auf den Teller.

Das war das Signal für Kim. »Was ist los, Marie?«

Marie rieb sich stöhnend den Magen. »Ich weiß nicht, mir ist auf einmal so komisch.«

»Hast du den Fisch nicht vertragen?«, fragte Franzi.

Marie hob hilflos die Schultern. »Kann schon sein. Eigentlich hab ich nur eine Allergie auf Meeresfrüchte, aber vielleicht ...« Sie krümmte sich und stand schnell auf. »Tut mir leid, ich glaub, ich muss ...«

»Du Arme!«, rief Verena.

»Können wir dir irgendwie helfen?«, fragte Luise.

Marie schüttelte den Kopf. Sie sog die Luft ein und machte ihre Wangen ganz hohl. Das hatte sie mal im Schauspielunterricht geübt. Die Vorstellung schien ziemlich überzeugend zu sein. Alle am Tisch sahen sie mitleidig an.

»Danke, ich muss nur ... zur Toilette ...« Damit rannte sie fluchtartig los. Als sie an Toms Tisch vorbeikam, registrierte sie aus den Augenwinkeln, dass er so beschäftigt mit dem Essen war, dass er gar nicht bemerkte, wie sie den Raum verließ. Wunderbar, das klappte ja wie am Schnürchen!

Die Eingangshalle und das Treppenhaus waren menschenleer. Marie huschte die Treppe hoch und nahm immer zwei Stufen auf einmal. Auf der obersten Stufe im dritten Stock blieb sie keuchend stehen und musste erst mal Luft holen. Dann lief sie mit zitternden Knien den Flur entlang. Ganz hinten gab es nur eine Tür. Ein großer Zettel klebte daran. Der Reiseleiter hatte auch hier einen doofen Spruch hinterlassen.

Hier wohnt Tom.
Keine Angst, ich beiße nicht!
Klopft einfach an und kommt rein.

Marie grinste. Na warte, dachte sie, dir werden die Sprüche schon noch vergehen!

Aber jetzt hatte sie keine Zeit, um über Tom nachzudenken. Sicherheitshalber drehte sie sich noch mal um. Kein Mensch zu sehen.

Marie beugte sich zum Schlüsselloch hinunter und leuchtete mit der Taschenlampe hinein. Schnell holte sie ihr Einbrecherset heraus. Heute brauchte sie nur den Dietrich: einen hauchdünnen Draht, der sich in jede Richtung biegen ließ. Marie bog den Draht zu einer Schlaufe. Dann schob sie ihn vorsichtig ins Schlüsselloch hinein. Ein kleiner Ruck hier und ein kleiner Ruck da, das müsste es eigentlich gewesen sein – aber nichts bewegte sich. Okay, noch mal in die andere Richtung. Wieder rührte sich nichts! Marie spürte, wie ihre Hände feucht wurden.

Ruhig bleiben, ganz ruhig, sagte sie sich vor, du hast das im Griff. Sie versuchte, sich an sämtliche Varianten zu erinnern, die sie zusammen mit ihrem Vater ausprobiert hatte. Drei Varianten blieben ohne Erfolg. Bei der vierten hatte Marie endlich Glück. Das Schloss knackte, drehte sich und wie von selbst schwang die Tür auf.

Na also, geht doch!, dachte sie.

Schnell schlüpfte sie ins Zimmer und zog leise die Tür hinter sich zu. Ihr Herz klopfte bis zum Hals hinauf. Ein paarmal atmete sie tief durch. Als ihr Puls sich wieder einigermaßen beruhigt hatte, sah sie sich im Zimmer um. Tom hatte recht gehabt, es war wirklich sehr klein und unterschied sich kaum von den Unterkünften der Jugendlichen. Stuhl, Tisch, Schrank, Bett und Waschbecken sahen nicht viel anders aus als im Zimmer der drei !!!. Die wenigen Unterschiede in der Einrichtung bestanden darin, dass der Reiseleiter nicht nur die Dusche für sich allein, sondern auch eine eigene Toilette hatte. Außerdem standen auf dem Tisch ein Telefon und ein Faxgerät. Auf Letzteres konnte Marie locker verzichten, wozu gab es heutzutage schließlich Handys?

Erst auf den zweiten Blick fiel ihr auf, wie ordentlich Tom war. Auf dem Bord über dem Waschbecken hatte er seine Kosmetika peinlich genau in einer abgezirkelten Linie nebeneinander aufgestellt. Zwei Paar Schuhe standen hinter der Tür, auf Hochglanz poliert und mit Schuhspannern versehen. Als Marie den Schrank aufmachte, fand sie, fein säuberlich auf den Bügeln aufgehängt, zwei Kordhosen und vier Hemden und im Fach darüber die exakt auf Kante gestapelte Unterwäsche. Marie überprüfte mit der Taschenlampe, ob es irgendwelche Geheimfächer oder doppelte Böden gab. Nichts, weder im Schrank noch im Koffer! Aber dafür gab es einen kleinen Safe oben im Schrank. Marie versuchte, ihn zu öffnen – vergeblich. Mist!, dachte sie. Da hat er natürlich alle verräterischen Dinge eingeschlossen, er ist ja nicht blöd.

Enttäuscht machte sie den Schrank wieder zu. Ihre Hoffnung, jetzt noch ein wichtiges Indiz zu finden, sank auf den Nullpunkt. Trotzdem ging sie noch mal suchend im Zimmer herum. Da fiel ihr Blick auf den Tisch. Der Stapel Papiere war ihr vorher gar nicht aufgefallen. Kein Wunder, das oberste Blatt war weiß und Tom hatte den Stapel genau an die Kante des Tischs gelegt. Obwohl sie erwartete, dass die anderen Blätter auch weiß sein würden, blätterte Marie den Stapel durch. Alle Blätter waren tatsächlich weiß, bis auf das letzte. Aufgeregt nahm Marie es in die Hand und las:

1. *Koffer*
2. *Digitalkamera*
3. *iPod*
4. *Laptop*
5. *Funkwecker*
6. *Handy*
7. *Armbanduhr mit Digitalanzeige*

Was war das denn? Etwa eine Liste mit all den Dingen, die Tom während der Parisreise von Leuten aus der Gruppe stehlen wollte? Dass an erster Stelle gleich »Koffer« stand, konnte einfach kein Zufall sein.

Plötzlich hörte Marie Schritte vom Flur. Vor Schreck blieb ihr fast das Herz stehen. Tom! Hatte er etwas geahnt? Die Schritte blieben stehen, eine Tür quietschte, es klapperte.

Marie schaute durch das Schlüsselloch. Vorne im Flur stand eine Putzfrau, die gerade aus einem kleinen Vorratsraum einen Eimer geholt hatte. Jetzt nahm sie den Eimer in die Hand und verschwand damit wieder. Marie stöhnte leise auf. Das hätte auch schiefgehen können!

Ein Blick auf ihre Armbanduhr versetzte ihr den zweiten Schrecken: schon halb neun! Jetzt würde das Abendessen bald zu Ende sein.

Schnell zückte sie ihr Handy und fotografierte Toms Liste. Dann legte sie die Blätter wieder fein säuberlich auf einen Stapel, checkte, ob sie sonst keine Spuren hinterlassen hatte, und verließ das Zimmer. Als sie mit dem Dietrich die Tür wieder abschloss, zitterten ihre Hände. Während sie im Schlüsselloch herumstocherte, vergingen kostbare Sekunden. Endlich war es geschafft. Marie steckte Dietrich, Taschenlampe und Handy ein. Dann machte sie sich schleunigst auf den Rückweg. Nichts wie weg hier!

Schlaflos in der Nacht

Als sie in den Speisesaal zurückkehrte, stand Tom von seinem Tisch auf und musterte sie besorgt. »Geht's dir wieder besser? Verena und Luise haben mir erzählt, dass dir schlecht geworden ist.«

Marie musste sich zusammenreißen, um nicht laut loszuprusten. Auf die Geschwätzigkeit der Superzicken war echt Verlass! Genau das hatten die drei !!! auch beabsichtigt.

Damit Tom keinen Verdacht schöpfte, setzte sie schnell eine leicht leidende Miene auf und versicherte: »Ist nicht so schlimm, es geht mir schon wieder besser. War wohl eine allergische Überreaktion oder so ...«

Tom schluckte die Lüge. »Da bin ich aber froh!«

Nur Mike, der Busfahrer, sah Marie misstrauisch an. Ob er etwas bemerkt hatte? Quatsch! Wahrscheinlich bildete sie sich das nur ein. Verschlossen wie immer, sagte er auch nichts und Marie ging hinüber an ihren Tisch. Dort kam sie gerade rechtzeitig zum Nachtisch: Es gab Mousse au Chocolat, ihr Lieblingsdessert. Im ersten Moment wollte sie sich gierig darauf stürzen, denn ihr Magen, der den ganzen Abend kaum etwas bekommen hatte, knurrte jetzt gewaltig. Obwohl es ihr schwerfiel, riss sie sich zusammen und nahm als »geschwächte Magenkranke« nur langsam einen winzigen Löffel nach dem anderen.

»Alles wieder okay?«, fragte Luise.

Marie nickte. »Geht schon, keine Panik!«, sagte sie, während sie neidisch zu Franzis Dessertschale hinüberschielte. In dem Moment sagte Lena: »Kommt ihr noch mit in den Aufenthaltsraum? Wir könnten ein paar französische Chansons singen, ich hab meine Gitarre dabei.«

»Au ja!«, rief Jasmin.

Die anderen waren auch sofort begeistert und sprangen auf.

»Was ist mit euch?«, fragte Lena.

Kim lächelte sie an. »Wir kümmern uns noch ein bisschen um Marie und dann kommen wir nach.«

»Versprochen?«, hakte Lena nach, die wohl nie verstehen würde, dass jemand etwas anderes spannender finden könnte, als langweilige Lieder zur Gitarre zu singen. »Ihr müsst kommen, bitte!«

»Versprochen!«, sagte Franzi.

Endlich zog Lena mit den anderen ab und ließ die drei !!! allein am Tisch zurück.

»Isst du deine Mousse noch?«, fragte Marie.

Franzi rieb sich den Bauch. »Nee, ich platze gleich!«

Sofort schnappte sich Marie Franzis Schale und aß genüsslich ihre zweite Nachspeisenportion. Kim und Franzi sahen ihr ungeduldig dabei zu. Sie brannten darauf zu erfahren, wie die Zimmerdurchsuchung gelaufen war, wollten aber natürlich nicht hier im Speisesaal nachfragen. Marie ließ sich nicht aus der Ruhe bringen, die süße Belohnung hatte sie sich echt verdient.

»Bon appetit!«, sagte plötzlich eine Stimme vom Nebentisch.

Marie drehte sich herum und sah in Christophes lächelnde braune Augen. So ein süßer Franzose! Verena war wirklich zu blöd gewesen, ihn abblitzen zu lassen. Aber sofort fiel Marie ein anderer süßer Junge ein, Stefan! Deshalb murmelte sie nur schnell: »Merci«, und wandte sich wieder ab.

Als sie die letzten Reste der Mousse aus der Schale kratzte, drängte Kim: »Bitte, können wir jetzt gehen?«

»Natürlich«, sagte Marie. »Ich freu mich schon auf die Chansons.«

»Du willst doch jetzt nicht etwa eine Gesangsshow abziehen?«, fragte Franzi entsetzt. »Dafür haben wir keine Zeit.«

Marie grinste von einem Mundwinkel zum anderen. »Warum eigentlich nicht? Hier habe ich endlich mal wieder ein großes Publikum. Vielleicht schauen die süßen Franzosen ja auch kurz vorbei, das wär doch nett ...«

»Das ist nicht dein Ernst!«, sagte Kim entrüstet.

Da lachte Marie laut los. »War nur ein Scherz. Kommt, verziehen wir uns auf unser Zimmer.«

Das ließen sich Franzi und Kim nicht zweimal sagen. Kurz darauf waren sie wieder ungestört und machten es sich zu dritt auf Kims Bett gemütlich.

»Jetzt schieß endlich los!«, rief Franzi. »Du hast uns wirklich lange genug auf die Folter gespannt.«

»Also«, fing Marie an. »Es hat alles nach Plan funktioniert.« Ausführlich berichtete sie, was sie erlebt hatte. Als sie die Putzfrau erwähnte und die Sache für ihre Freundinnen noch etwas dramatisch ausschmückte, schlug sich Kim mit der Hand auf den Mund und Franzi wurde blass um die Nase.

»Regt euch ab«, sagte Marie. »Es ist ja alles gut gegangen.« Sie erzählte zu Ende und zückte schließlich als Krönung ihr Handy. »Hier, seht mal! Das ist Toms Liste, die ich fotografiert hab.«

Gespannt lasen Franzi und Kim die sieben Punkte durch.

»Das sind alles elektronische Geräte«, stellte Kim fest, »bis auf den Koffer.«

»Ja, und die meisten Geräte sind ziemlich teuer«, sagte Franzi. »Alles Dinge, bei denen es sich lohnen würde, sie zu stehlen.«

Marie nickte. »Du hast es erfasst. Ich fürchte, Tom geht bei seinen Diebstählen genauso systematisch vor, wie er seine Unterwäsche in den Schrank einsortiert. Der Koffer stand ganz oben auf seiner Liste und den hat er ja auch schon geklaut beziehungsweise es versucht. Dreimal dürft ihr raten, was als Nächstes dran ist.«

»Eine Digitalkamera!«, sagte Kim. »Aber woher sollen wir ahnen, auf welche Kamera er es abgesehen hat? Heutzutage hat doch schon fast jeder so was dabei, ich übrigens auch!«

Franzi zuckte mit den Schultern. »Vergiss es, das finden wir nie heraus. Es bleibt uns nur eins übrig: Wir müssen die anderen aus unserer Gruppe fragen, wer alles eine Digicam dabeihat. Und nach den anderen Geräten auf der Liste können wir bei der Gelegenheit auch gleich fragen.«

»Ja, genau«, sagte Kim. »Und dann warnen wir sie, dass sie ihre Geräte irgendwo einschließen lassen, hier gibt es sicher auch einen großen Hotelsafe.«

»Gute Idee«, sagte Marie. »Wir müssen ja nicht dazusagen, dass wir einen konkreten Verdacht haben, am besten behaupten wir einfach, wir hätten gehört, dass gerade ein besonders raffinierter Dieb sich in der Nähe unseres Hotels herumdrückt.«

Kim gähnte herzhaft. »Alles klar, aber heute ist es schon zu spät dafür. Lasst uns schlafen gehen, morgen müssen wir wieder früh raus.«

»Ich bin auch todmüde«, sagte Franzi. »Erst die Nachtfahrt und dann heute das Rumgerenne in der Großstadt, das macht einen echt fertig.«

Marie war zwar auch ziemlich erschöpft von den letzten vierundzwanzig Stunden, aber müde? Kein bisschen! Jetzt nach der ganzen Aufregung sollte sie ruhig schlafen? Unmöglich!

Trotzdem schlüpfte sie in ihren Schlafanzug, schminkte sich ab, putzte die Zähne und ging ins Bett. Doch als das Licht aus war, lag sie hellwach auf dem Rücken. Franzi aus dem Bett über ihr atmete schon nach einer Minute tief und gleichmäßig und Kim schien auch eingeschlafen zu sein. Unruhig wälzte sich Marie von einer

Seite auf die andere und versuchte, zur Ruhe zu kommen – vergeblich. Immer wieder liefen die Ereignisse des Abends vor ihrem inneren Auge ab, wie im schnellen Rücklauf eines Films. Warum riskierte Tom diese ganzen Diebstähle? Was hatte er für ein Motiv? Hatte er Schulden? Und wer war sein Auftraggeber? Schuldete er dem auch Geld? Wieder mal Fragen über Fragen und bis jetzt keine Antwort in Sicht!

Als sich Marie wieder auf die linke Seite herumdrehte, bemerkte sie plötzlich einen schwachen Lichtschein aus dem Bett gegenüber. Las Kim etwa mit der Taschenlampe unter der Decke einen Krimi? Zuzutrauen wäre es ihr, schließlich war sie eine echte Leseratte. Doch auf den zweiten Blick erkannte Marie, dass Kim ihren Laptop mit ins Bett genommen hatte. »Was schreibst du denn jetzt noch?«, flüsterte sie ihr zu.

Kim erschrak und zuckte zusammen. »Ach, du bist es!«, flüsterte sie zurück. »Ich schreib nur noch kurz was ins Detektivtagebuch.«

»Verstehe«, sagte Marie und machte wieder die Augen zu. Kims leises Tippen auf den Tasten des Laptops war so schön gleichmäßig. So gleichmäßig, dass Marie innerhalb weniger Sekunden davon einschlief.

Bald hatte Kim ihre Einträge beendet und las sich die Texte noch einmal durch.

Detektivtagebuch von Kim Jülich
Dienstag, 22:54 Uhr

Es ist wieder mal so weit: Die drei !!! haben einen neuen Fall. Es ist schon unser fünfter und ich bin total stolz auf uns!!! Eine Premiere ist es trotzdem: Zum ersten Mal sind wir nämlich im Ausland tätig und einem raffinierten Dieb auf der Spur. Unser Tatverdächtiger ist allerdings Deutscher: Es ist Tom, unser Reiseleiter. Hier kommt seine Personenbeschreibung:

Tom Schüring, schlank, ca. 1,80 Meter groß, leicht ungepflegte, kinnlange braune Haare, Hang zu Dreitagebart, auffälliger Leberfleck am rechten Unterarm, Kleidung zurzeit französisch angehaucht (dunkelblaue Baskenmütze).

Und das wissen wir bisher über ihn:

Er hat vermutlich Verenas Koffer entwendet, ihn aber kurz darauf wieder auf ihr Zimmer gebracht bzw. zurückbringen lassen. Es wurde nichts gestohlen (wahrscheinlich aus Zeitmangel). Sein Auftraggeber (Name unbekannt) ist deshalb sauer auf ihn und hat ihm mit schlimmen Konsequenzen gedroht. Die Liste, die wir auf T.s Zimmer gefunden haben, lässt darauf schließen, dass er weitere Diebstähle plant und jetzt v. a. elektronische Geräte stehlen will. Sein Tatmotiv ist noch unklar. Meine Vermutung: Schulden aus dem Studium oder Erpressung durch den Auftraggeber. Nicht auszuschließen aus dem kriminellen Umfeld um T. ist das Jugendzentrum. Da wir gerade in Paris sind, sind Nachforschungen im Jugendzentrum leider zurzeit nicht möglich.

Was mir bei der Gelegenheit gerade klar wird: Unsere Ermittlungen werden im Ausland viel schwieriger werden als in Deutschland. Hier in Paris haben wir niemanden, der uns hilft! Wir können nicht einfach zu Kommissar Peters und seinem Kollegen Polizeimeister Conrad ins Präsidium gehen und die beiden um Rat fragen. Wir können sie auch nicht wie bisher zur Verstärkung holen, wenn wir den Täter überführen werden (ich gehe stark davon aus, dass es uns auch diesmal gelingt!). Keiner von uns – nicht mal Marie – kennt jemanden bei der französischen Polizei und außer ein paar Brocken können wir auch alle kein Französisch. Das kann ja heiter werden! Zum Glück haben wir wenigstens unsere Handys dabei, zur Not müssen wir den Kommissar eben anrufen.

Und noch jemand fehlt bei unseren Ermittlungen: Michi Millbrandt. Auf seine Kenntnisse in Sachen Fingerabdrücke und Chemie müssen wir auch verzichten.

Aber all das müssen wir eben in Kauf nehmen, das Wichtigste ist doch, dass wir einen neuen Fall haben. Ich bin schon total gespannt, wie es weitergeht!

Geheimes Tagebuch von Kim Jülich
Dienstag, 23:09 Uhr

Warnung: Nein, Franzi und Marie, ihr dürft mein geheimes Tagebuch immer noch nicht lesen!
Diese Warnung gilt zeitlich unbegrenzt.

Ich weiß nicht, was ich tun soll!!!

Michi meldet sich nicht, jetzt ist es schon über 24 Stunden her, dass ich ihm die erste SMS geschickt hab. Auf die zweite und dritte hat er sich auch nicht gemeldet. Das macht er sonst nie! Normalerweise muss ich nie auf seine Antwort warten, er ist doch immer total lieb und aufmerksam. Was ist bloß los?

Die ganze Zeit schon zermartere ich mir das Gehirn. Hat er keine Zeit? Ist er so beschäftigt? Aber was kann einen sechzehnjährigen Jungen derart in Atem halten, dass er nicht mal mehr dazu in der Lage ist, eine kurze SMS abzuschicken?

Jetzt weiß ich es: ein anderes Mädchen! Er hat sich verliebt, anders kann es nicht sein. Nein, nein, nein, bitte nicht! Es hilft nichts, ich kann es nicht ausschließen. Und alle Anzeichen deuten darauf hin: Ich bin weggefahren, er hat viel Zeit, denkt wahrscheinlich kaum an mich (Bitte, Michi, vergiss mich nicht ganz!) und ist einem anderen Mädchen begegnet. Einer, die sofort gecheckt hat, dass das der optimale Zeitpunkt ist, um bei ihm landen zu können.

Sicher so ein Albtraum mit blonden, langen Haaren, einer super Figur und einem strahlenden Lächeln, das ihn vom ersten Augenblick an verzaubert.

Ich darf mich nicht weiter quälen! Ich muss die Zeit hier durchstehen. Noch vier lange Tage! Wie soll ich das bloß aushalten???

Ob ich ihm noch eine SMS schicken soll? Nein, das hat keinen Sinn. Franzi hat völlig recht: Ich sollte mir Michi aus dem Kopf schlagen – wenigstens für die Zeit hier in Paris. Gute Idee, sie hat nur einen Haken:

Ich kann es nicht, weil ich dauernd an ihn denken muss!!!

Befragung mit Hindernissen

Am nächsten Morgen saßen Marie, Franzi und Kim mit kleinen Augen beim Frühstück und gähnten um die Wette. Egal wie gut beziehungsweise wie schlecht sie geschlafen hatten, die Nacht war eindeutig zu kurz gewesen. Den anderen am Tisch ging es ähnlich. Nur Sofie hatte zumindest schon so viel Kraft, um mit ihrem Laptop am Tisch zu sitzen und zu spielen.

Marie schenkte sich eine zweite Tasse Milchkaffee ein, um wach zu werden.

Da stand Tom am Nebentisch plötzlich auf und rief: »Ruhe, bitte! Alle mal herhören, Leute! Heute werden wir das Centre Pompidou besuchen. Dort ist ein tolles Museum für Moderne Kunst.«

Die Ballermänner stöhnten auf. Für Museumsbesuche waren sie natürlich nicht zu haben.

Tom ließ sich davon nicht beirren. »Ihr werdet sehen: Es ist total abgefahren, megacool! Aber keine Angst, heute ist für jeden was dabei. Am Nachmittag fahren wir zum Boulevard Haussmann und werden uns die Shoppingmeile ansehen und die großen Kaufhäuser Printemps und Galeries Lafayette.«

Schlagartig war Marie wach. Aufs Shoppen freute sie sich jetzt schon. Es wurde aber auch höchste Zeit, dass sie die Kreditkarte ihres Vaters benutzte.

»Tja, leider hab ich noch eine schlechte Nachricht für euch«, fuhr Tom fort. »Wir können erst in einer Stunde starten, unser Bus muss in die Werkstatt, genauer gesagt, Mike ist bereits dort. Es ist nichts Dramatisches, nur etwas mit den Zündkerzen oder so scheint nicht zu stimmen. Mike wollte es lieber checken lassen. Bleibt bitte während der nächsten Stunde hier im Hotel. Ihr könnt in den Aufenthaltsraum gehen, dort kümmert sich Sylvie, die Lehrerin der Franzosen, um euch. Ich muss nämlich kurz auf mein Zimmer und schnell was erledigen.«

Sofort wurden die drei !!! hellhörig. Etwas erledigen? Nur zu gut konnten sie sich ausmalen, was Tom »erledigen« wollte.

Während die anderen sich mehr oder weniger begeistert in Richtung Aufenthaltsraum in Bewegung setzten, sahen sich die drei !!! ratlos an.

»Was sollen wir jetzt machen?«, fragte Franzi leise.

»Eine muss Tom beschatten«, flüsterte Marie. »Die anderen beiden können die Gelegenheit nutzen, um unsere Befragung bei der Gruppe durchzuführen.«

Kim reckte das Kinn in die Höhe. »*Ich* werde Tom beschatten.« Offenbar wollte sie Franzi beweisen, dass sie wirklich keine Angst vor gefährlichen Situationen hatte.

»Gut«, sagte Marie.

Franzi nickte Kim anerkennend zu. »Viel Glück!«

»Danke!«, sagte Kim. »Nehmt ihr mir inzwischen die Tasche ab? Da ist mein Laptop und die Digicam drin.«

»Klar«, sagte Franzi. Kim rechnete wieder mal mit dem Schlimmsten, aber im Grunde hatte sie recht: *Ihre* Ausrüstung würde Tom schon mal nicht klauen!

Kim verschwand im Flur und Marie sah ihr ein bisschen neidisch nach. Zu gern wäre sie jetzt an ihrer Stelle gewesen, statt den langweiligen Part zu übernehmen.

Franzi boxte sie in die Seite. »Träumst du? Wir müssen los!«

»Ich komm ja schon«, sagte Marie.

Als sie den Aufenthaltsraum betraten, war die Gruppe schon komplett versammelt. Die französische Lehrerin saß in einer Ecke und las Zeitung. Von den Franzosen war nichts zu sehen, offenbar waren sie heute mit ihrem Lehrer unterwegs.

Marie und Franzi steuerten auf die Gruppe zu. Die meisten lümmelten auf den Sofas und dösten ein bisschen vor sich hin. Lena klimperte leise auf ihrer Gitarre und Sofie hatte sich schon wieder hinter ihrem Laptop vergraben.

Marie beschloss, mit dem härtesten Fall anzufangen. Zielstrebig ging sie auf Sofie zu. »Hallo, jemand zu Hause?«

Sofie starrte weiter auf ihren Bildschirm.

»Haaalloo, Sooofieee!«, versuchte es Marie ein zweites Mal.

Endlich hob Sofie den Kopf. »Was ist?«

»Hast du zufällig eine Digitalkamera dabei?«

Sofie schüttelte den Kopf. »Nee, wieso?«

»Nur so«, sagte Marie. »Aber einen Laptop hast du dabei, das ist nicht zu übersehen. Ich wollte dir nur sagen, dass du auf deinen kleinen Schatz aufpassen sollst. Hier treibt sich nämlich ein Dieb herum und wir haben den starken Verdacht, dass er es auf elektronische Geräte abgesehen hat.«

Sofie hörte ruhig zu. »Ach so. Mir kann eh nix passieren, meinen Laptop nehm ich immer mit, auch ins ...«

Auf einmal wurde sie rot. »Bett« hatte sie sicher sagen wollen und es dann doch peinlich gefunden. Marie verkniff sich ein Grinsen. Wahrscheinlich hatte Sofie sogar recht. Es gab keinen besseren Safe für Sofies Laptop als Sofies eigene Hände!

Marie ging weiter zu Lena. Die war das komplette Gegenteil von Sofie. Schon nach den ersten Worten regte sie sich schrecklich auf. »Ein Dieb, sagst du? Hilfe, der wird doch nicht meine Gitarre klauen?«

»Nein«, sagte Marie ruhig. »Wir wissen aus zuverlässiger Quelle, dass er auf elektronische Geräte scharf ist: Laptops, iPods, Digicams und so weiter.«

»So was hab ich nicht«, sagte Lena, »aber wenn der Typ es wagt, meine Gitarre anzurühren, dann ...«

»Keine Panik«, sagte Marie und drehte Lena schnell den Rücken zu. Franzi hatte sich inzwischen schon die Superzicken und zwei andere Mädchen vorgenommen. Marie ging zu den Ballermännern.

»Kleine Frage«, sagte sie zu ihnen und zählte wieder die Geräte auf.

»Klar haben wir jeder einen iPod und Armbanduhren mit Digitalanzeige«, sagte Sebastian.

»Und ich hab auch noch eine Digicam dabei«,

sagte Mathis. »Aber wieso willst du das eigentlich wissen?«

Marie klärte die drei über den Dieb auf.

Sebastian, Mathis und Gero sahen sie eine Weile verblüfft an, dann grölten sie los:

»Ein Dieb?«

»Hahaha!«

»Das ist der größte Witz des Tages.«

Marie blieb ernst. »Das ist kein Witz und ich wollte euch nur warnen.«

»Habt ihr das gehört?«, fragte Gero. »Sie will uns warnen. Keine Sorge, Schätzchen, wir passen schon auf unsere Sachen auf.«

Wütend drehte sich Marie auf dem Absatz um. Dann eben nicht! Mehr als reden konnte sie nicht.

Bald hatten Franzi und Marie alle durch. Die Ausbeute war erschreckend: Jeder Zweite hatte mindestens ein oder zwei der Geräte auf Toms Liste dabei und die meisten hatten sich überhaupt nicht aus der Ruhe bringen lassen. Im Gegenteil, sie fanden die Warnung reichlich übertrieben. Enttäuscht ließen sich Franzi und Marie auf ein Sofa fallen.

»Das hat sich ja echt gelohnt«, sagte Marie.

»Wer weiß«, meinte Franzi. »Vielleicht bleibt ja doch was hängen.«

Ungeduldig warteten sie auf Kim. Hoffentlich

würde wenigstens sie spannende Neuigkeiten mitbringen. Doch als sie kurz darauf in den Aufenthaltsraum schlüpfte, konnten sie gleich an ihrem Gesichtsausdruck ablesen, dass ihre Beschattung erfolglos gewesen war.

Mist!, dachte Marie. Wir treten auf der Stelle!

Wo bleibt der Bus?

»Bonjour, Champs-Élysées, wir kommen!«, rief Tom am nächsten Morgen und wedelte mit seinem Regenschirm.

Marie, Franzi und Kim blieben ein Stück zurück und hofften, die Passanten würden nicht annehmen, dass sie zu dieser albernen Gruppe Deutscher dazugehörten. Überall, wo sie bisher hingekommen waren, war es dasselbe gewesen: Tom fiel auf wie ein bunter Hund und die Gruppe wurde oft von den Franzosen und anderen Touristen belächelt – gestern im Centre Pompidou und später auf dem Boulevard Haussmann auch wieder. Als Fußgängerin wurde Marie noch viel deutlicher bewusst, wie breit die Champs-Élysées waren. Unmengen von Touristen drängten sich auf dem breiten Gehsteig und die Autos waren eine undurchdringliche Masse, sodass man den Gehsteig auf der anderen Straßenseite kaum noch erkennen konnte. Und wie riesig die Geschäftshäuser aufragten! Eine imposante Glasfassade reihte sich an die andere.

Marie richtete es geschickt so ein, dass sie

ganz nah an den Schaufenstern entlangging. Das eng anliegende, cremeweiße Wollkleid, das sie sich gestern in den Galeries Lafayette gekauft hatte, sah wirklich gut aus. So gut, dass man es locker auch ohne Mantel tragen konnte, an einem sonnigen Tag wie heute sowieso, an dem die Temperaturen auf über zehn Grad geklettert waren.

»Erde an Marie!«, rief Kim. »Willst du meine Frage vielleicht irgendwann in nächster Zeit beantworten?«

»Ich glaub nicht«, sagte Franzi. »Sie träumt gerade von einer Modelkarriere in Paris, falls es mit dem Schauspielern doch nichts werden sollte.«

»Sei nicht so gemein!«, rief Marie. »Tut mir leid, Kim, ich war gerade in Gedanken, was wolltest du wissen?«

»Ob du mir später helfen kannst«, sagte Kim. »Ich hab noch keine einzige Postkarte an meine Mutter geschrieben.«

»Kein Problem«, sagte Marie. »Ich schreib gern einen kleinen Essay über den neuen Lifestyle in Paris.«

Franzi und Kim fingen an zu kichern.

Marie machte eine wegwerfende Handbewegung. »Ich geb's auf. Für manche Dinge seid ihr einfach noch nicht reif genug.«

Ihre Freundinnen kicherten noch lauter. Da hielt es Marie nicht mehr aus und musste auch mitlachen. Die drei !!! hakten sich gegenseitig unter und liefen kichernd und quatschend als Letzte der Gruppe weiter die Champs-Élysées entlang.

Plötzlich wurde Kim wieder ernst. »Leute, wir sind nicht nur zum Vergnügen hier. Hat eine von euch Tom gesehen?«

Marie und Franzi sahen sich suchend um. Keine Spur: weder von Tom noch von seinem Regenschirm! Oh nein, er würde doch nicht schon wieder auf kriminellen Abwegen unterwegs sein?

In dem Moment trat Tom aus der Tür eines Souvenirshops, auf dem Kopf eine nigelnagelneue Baskenmütze. »Pardon«, sagte er lächelnd, »da konnte ich einfach nicht widerstehen!«

Franzi, Kim und Marie atmeten erleichtert auf. Und schon ging es weiter. Jetzt hefteten sich die drei !!! wieder dicht an die Fersen des Reiseleiters. So was würde ihnen nicht noch mal passieren.

Doch während des weiteren Spaziergangs verhielt sich Tom völlig normal: das heißt, er alberte herum, gab doofe Sprüche von sich und quatschte Mike voll, der den Redeschwall schweigend über sich ergehen ließ. Auf einmal tat Marie der Busfahrer leid. Er hatte keine Chance, Tom zu entkommen. Die Reise hatte er sich bestimmt anders vorgestellt!

»Schön, dass du uns bei unserem Spaziergang begleitest«, sagte Tom gerade zu Mike. »Wirst du denn später auch im Louvre dabei sein?«

Mike schüttelte den Kopf. »Nein, das tu ich mir nicht an«, sagte er. »Viel zu viele Bilder!« Er verzog das Gesicht zu einem Grinsen und zeigte zwei vorstehende Schneidezähne.

Marie sah ihn überrascht an. So viele Worte auf einmal hatte sie bisher noch nie aus seinem Mund vernommen.

»Schade«, sagte Tom. »Da verpasst du echt was. Der Louvre ist eines meiner persönlichen Highlights. Aber wie du meinst, dann musst du eben auf dem Parkplatz auf uns warten. Aber ich warne dich, das kann dauern!« Er lachte laut.

Mike verzog keine Miene. »Geht schon klar«, nuschelte er.

Nach der Mittagspause näherten sie sich mit Riesenschritten »Toms persönlichem Highlight«. Besser gesagt, ihre Riesenschritte wurden beim Haupteingang vor der Glaspyramide des Louvre sofort wieder gestoppt. Eine ellenlange Schlange stand davor und wartete darauf, an der Kasse ihre Tickets zu kaufen. »Das pack ich nicht!«, rief Gero. »Ich glaub, ich geh gleich wieder.«

»Nichts da!«, sagte Tom und zog aus seiner Jackentasche ein Bündel Eintrittskarten. »Ich hab natürlich vorgesorgt und die Karten schon vorher besorgt. Kommt mit, ich zeig euch, wo's langgeht.«

Gero, Sebastian und Mathis stöhnten. Die letzte Gelegenheit, sich vor dem Museumsbesuch zu drücken, war geplatzt. Marie konnte die Ballermänner nicht verstehen. Sie freute sich tierisch auf den Louvre. Damals bei der Reise mit ihrem Vater hatten sie leider nicht so viel Zeit gehabt, um den Louvre zu besuchen. Das würde sie heute endlich nachholen.

Tom führte die Gruppe als Erstes in den ersten Stock des Denon-Flügels zur Hauptattraktion des Museums: der Mona Lisa. Auch hier bildeten sich natürlich wieder Schlangen, kein Wunder, schließlich wollte jeder einen Blick auf das berühmte Bild werfen.

Marie schob sich Stück für Stück vorwärts und endlich stand sie vor der Mona Lisa. Hinter der gepanzerten Glasscheibe lächelte sie so geheimnisvoll wie seit fünfhundert Jahren, als Leonardo da Vinci sie gemalt hatte. Marie spürte, wie ein leichter Schauer über ihren Rücken lief. Schön war sie ja nicht, die porträtierte Frau, aber trotzdem fühlte sich Marie stark von ihr angezogen. Welches Geheimnis sie wohl hütete? Vielleicht war sie ja gar nicht so unschuldig, vielleicht hatte sie ja ein Verbrechen begangen? Oder noch besser: Sie war eine berühmte Detektivin und in ganz Italien, besonders bei der Mafia, gefürchtet. Wer weiß!

Als alle das Bild ausgiebig bewundert hatten, sagte Tom: »Sehr schön, jetzt, würde ich sagen, kann sich jeder die Kunstwerke aussuchen, die er schon immer mal sehen wollte. Einen Flyer mit dem Lageplan der einzelnen Säle habt ihr ja von mir bekommen. Dann treffen wir uns wieder hier vor der Mona Lisa um –«, er warf einen Blick auf seine Armbanduhr, »in drei Stunden? Um fünf Uhr, ist das okay?«

Dagegen hatte keiner etwas einzuwenden. Langsam zerstreute sich die Gruppe. Nur Marie, Franzi und Kim blieben zurück. »Und, was machen wir jetzt?«, fragte Kim.

Franzi deutete zu Tom hinüber, der immer noch vor der Mona Lisa stand. »Tja, ich fürchte, wir müssen an ihm dranbleiben.«

»Alle drei?«, sagte Marie leise. »Das ist doch viel zu auffällig.«

Kim nickte. »Du hast recht. Eine genügt.«

»Und wer ist die Glückliche?«, fragte Franzi.

Marie und Kim tauschten einen schnellen Blick und grinsten. Dann sagte Marie: »Immer der, der fragt!«

Franzi stöhnte. »Na toll! Eure Aktionen waren aber viel spannender.«

»Das kannst du doch jetzt noch gar nicht sagen«, tröstete Kim. Franzi war zwar immer noch nicht überzeugt, aber es blieb ihr nichts anderes übrig, als nachzugeben. Schließlich war sie die Einzige, die bisher noch nicht allein aktiv geworden war.

Tom hatte sich inzwischen von der Mona Lisa gelöst und verließ den Raum. Franzi winkte Marie und Kim noch mal zu, dann folgte sie dem Reiseleiter.

Kim sah ihr nach und seufzte. »Hoffentlich passiert endlich mal wieder was! Tom ist mir in letzter Zeit viel zu unauffällig.«

»Das wird sich bestimmt bald wieder ändern«, sagte Marie zuversichtlich.

Da kamen plötzlich Verena, Luise und Jasmin zurück. Genervt verdrehten Marie und Kim die Augen. Was wollten die Superzicken denn jetzt schon wieder?

»Habt ihr was Neues gehört von dem Dieb?«, fragte Luise neugierig.

»Wir finden das alles ja sooo spannend!«, sagte Jasmin und Verena nickte eifrig dazu.

Alle drei sahen so aus, als ob sie gerade erfahren hätten, dass sie bei den Dreharbeiten eines Fernsehkrimis als Statistinnen mitmachen dürften.

»Nein!«, sagte Marie kurz angebunden. »Es gibt nichts Neues.«

Kim versuchte, ein bisschen freundlicher zu sein. »Wir haben euch doch schon gesagt, dass unsere Ermittlungen streng geheim sind.«

»Streng geheim, streng geheim …«, äffte Jasmin sie nach. »Immer erzählt ihr dieselbe Leier. Könnt ihr euch nicht mal was anderes ausdenken?«

Marie hob ihre linke Augenbraue. »Sorry, wenn wir euch langweilen, aber jetzt entschuldigt uns, im Gegensatz zu euch haben wir nämlich was zu tun.«

Die Superzicken schnaubten verächtlich.

»Unverschämtheit!«, sagte Luise. »Das lassen wir uns nicht mehr länger bieten.« Damit zog sie tödlich beleidigt mit ihren Freundinnen ab.

Marie und Franzi kicherten.

»Die sind wir endgültig los, wetten?«, sagte Kim.

»Glaub ich auch«, sagte Marie. »Und jetzt komm, ich will unbedingt noch mehr von den italienischen Malern sehen. Und dann wollte ich auch noch die Venus von Milo anschauen und einen Abstecher zu den Ägyptern und Griechen und Römern machen.«

Kim lachte. »Bist du sicher, dass die drei Stunden dafür reichen werden? Ich tippe eher auf drei Tage.«

Kim sollte recht behalten. Die beiden schafften gerade mal die wichtigsten italienischen Gemälde, die Venus und einen Teil der ägyptischen Sammlung. Dazwischen waren sie sogar so erschöpft, dass sie sich kurz im Café ausruhen mussten und dabei das Angenehme mit dem Nützlichen verbanden: die ersten drei Postkarten an Kims Mutter zu schreiben.

Als Marie dann später bei den Ägyptern eine Sandsteinbüste des Sonnenkönigs Echnaton betrachtete, zeigte Kim auf ihre Armbanduhr.

»Mensch, wir müssen los! Es ist schon zehn vor fünf!«

Gemeinsam rannten sie los, quer durch den Sully-Flügel und hinüber zum Denon-Flügel. Als sie völlig außer Atem im Saal der Mona Lisa ankamen, waren die meisten aus der Gruppe schon da, auch Tom und Franzi. Nur die Superzicken leisteten sich eine noch größere Verspätung.

»Und, gibt's was Neues?«, fragte Kim leise, weil Tom weit genug weg stand.

Franzi schüttelte den Kopf. »Nichts! Ich schwör

euch, das waren die langweiligsten drei Stunden meines Lebens.«

»Das werden wir dir nie vergessen!«, sagte Kim.

Inzwischen waren die Superzicken auch eingetrudelt.

»Da seid ihr ja endlich«, sagte Tom zu Verena, Luise und Jasmin. »Gut, dann wollen wir mal den armen Mike auslösen.«

Als sie kurz darauf zum Busparkplatz kamen, blieb Tom abrupt stehen. »Das gibt's doch nicht! Ich hab mir doch genau gemerkt, wo Mike geparkt hatte. Der Platz ist leer!«

Kim runzelte die Stirn und raunte Marie und Franzi zu: »Stimmt, ich hab mir die Stelle auch genau eingeprägt. Merkwürdig! Er wird doch nicht schon wieder Probleme mit den Zündkerzen haben?«

Franzi zuckte mit den Schultern. »Kann ich mir nicht vorstellen.« Marie legte sich fröstelnd die Arme um die Schultern. Leider hatte das gute Wetter umgeschlagen und ein kalter Wind fegte über den Parkplatz. Jetzt bereute sie es bitter, dass sie den Mantel im Hotel gelassen hatte. »Tolles Timing«, sagte sie. »Mike lässt uns im Stich und wir dürfen uns hier einen abfrieren.«

Die anderen wurden auch langsam ungehalten. Aber am nervösesten von allen war Tom. Immer wieder sah er auf seine Armbanduhr und hielt nach Mike und dem Bus Ausschau. »Ich versteh das einfach nicht. Mike ist doch sonst so zuverlässig!«

»Hast du seine Handynummer?«, fragte Verena.

Ein Hoffungsschimmer huschte über Toms Gesicht. »Ja, klar! Warum bin ich da nicht selbst draufgekommen?«

Die drei !!! wunderte schon gar nichts mehr. Typisch Tom! Kaum tauchte ein Problem auf, war er sofort wieder überfordert.

Mit zitternden Fingern tippte Tom die Nummer, hielt den Hörer ans Ohr und lauschte. »Nur die Mailbox«, sagte er enttäuscht und steckte das Handy zurück in seine Jackentasche. »Wahrscheinlich fährt er gerade, da hat er das Handy nie an. Wenn bloß nichts passiert ist ... Die Franzosen hier fahren ja wie die Wilden.«

Keiner sagte etwas darauf. Es musste ja nicht gleich das Schlimmste sein. Die Minuten verstrichen, wurden zu einer Viertelstunde und schließlich zu einer halben Stunde. Als alle bereits rote Nasen und eiskalte Hände hatten und Tom sich völlig aufgelöst die Haare raufte, bog endlich Mikes Bus auf den Parkplatz ein.

Der Busfahrer öffnete die vordere Tür und stieg hastig aus. »Habt ihr schon auf mich gewartet?«

Tom schnappte nach Luft. »Allerdings! Wir

hatten um fünf Uhr ausgemacht und nicht um halb sechs.«

Mike räusperte sich und ruderte mit den Händen. »Das tut mir total leid. Wirklich, total leid!«

»Was war denn los?«, wollte Tom wissen. »Ist was passiert? Hattest du einen Unfall?«

»Nein, nein«, antwortete Mike. »Ich wollte mir ... mir nur ein paar Sandwiches besorgen, weil ich plötzlich Hunger bekommen hab. Und dann war da dieser ... dieser Stau in der Rue de Rivoli. Alles verstopft, da ist nichts mehr vorwärtsgegangen.« Während er redete, flackerten seine Augen hin und her.

Marie wurde stutzig. Dieses Flackern in den Augen kannte sie nur zu gut. So verhielten sich Verdächtige während eines Verhörs, wenn sie nicht die Wahrheit sagten.

»Also ... dieser Stau in der Rue de Rigny«, wiederholte Mike, »das konnte ich echt nicht vorhersehen. Tut mir wirklich leid, wird garantiert nicht noch mal vorkommen.«

»Schon gut«, sagte Tom und klopfte Mike auf die Schulter. »Hauptsache, dir ist nichts passiert!«

»Bitte, steigt doch ein!«, sagte Mike, machte eine einladende Handbewegung und lächelte so höflich wie noch nie zuvor.

Aber nicht wegen seiner Höflichkeit war sich

Marie jetzt hundertprozentig sicher: Mike hatte gelogen. Die Frage war nur, warum. Auf alle Fälle hatte er etwas zu verbergen. Und etwas Harmloses konnte es kaum sein, sonst hätte er sich nicht extra eine Lügengeschichte dafür gestrickt.

Im Keller-Labyrinth

Eine Stunde vor dem Abendessen stürmten die drei !!! in ihr Zimmer und verriegelten die Tür hinter sich. Dann setzten sie sich nebeneinander aufs Fensterbrett.

»Denkt ihr auch, was ich denke?«, fragte Kim.

»Klar«, sagte Marie. »Mike hat gelogen. Er kam mir vorher schon so komisch vor. Aber als er dann erst von der Rue de Rivoli und kurz darauf von der Rue de Rigny gesprochen hat, war plötzlich alles klar.«

Franzi grinste. »Dass das niemandem sonst aufgefallen ist! Tja, da merkt man eben sofort, wer detektivisches Gespür hat.«

Kim war zu nervös, um darauf einzugehen. »Wenn wir bloß wüssten, warum Mike gelogen hat!«

»Das würde mich allerdings auch brennend interessieren«, sagte Marie. »Und wenn ihr mich fragt, war das bestimmt nicht seine erste Lüge. Die Sache mit den Zündkerzen stinkt doch auch zum Himmel.«

Franzi wurde blass. »Leute, mir kommt da gerade ein Verdacht: Kann es sein, dass wir die ganze Zeit dem Falschen hinterhergejagt sind?«

»Was meinst du damit?«, fragte Kim.

»Na, dass womöglich Mike Verenas Koffer gestohlen hat und Tom gar nichts damit zu tun hatte?«

Kim stöhnte auf. »Du hast recht! Als Busfahrer ist es für ihn ja noch viel leichter, einen Koffer verschwinden zu lassen.«

»Und wer weiß, was er sonst noch alles klauen will«, sagte Marie düster.

Franzi kratzte sich am Kopf. »Das heißt, wir sind genauso schlau wie am Anfang. Mensch, jetzt müssen wir mit unseren Ermittlungen wieder bei null anfangen!«

»Nicht ganz«, meinte Kim. »Immerhin haben wir schon mal zwei Straßennamen als Anhaltspunkt.« Damit sprang sie vom Fensterbrett, holte ihren Rucksack und kramte ihren Paris-Stadtplan heraus. »Dann wollen wir doch gleich mal nachsehen, wo die beiden Straßen sind.«

»Die Rue de Rivoli brauchst du gar nicht nachzuschlagen«, sagte Marie. »Die kenn ich. Auf der sind wir heute nach Hause gefahren, sie führt am Louvre vorbei.«

Kim faltete den Stadtplan auf und drehte ihn um. Auf der Rückseite stand ein ellenlanges Straßenverzeichnis. »Okay, dann schätze ich, dass

Mike in dieser anderen Straße etwas Verbotenes vorhatte.«

Franzi beugte sich mit Kim über das alphabetische Verzeichnis. »Hier ist sie! Rue de Rigny. Planquadrat M 6.«

Aufgeregt drehte Kim den Stadtplan wieder um und gemeinsam suchten sie die Straße. Diesmal war Kim die Schnellste. »Hier ist sie, die kleine Parallelstraße zum Boulevard Haussmann, ganz in der Nähe vom Place St. Augustin.«

Ratlos sahen sich Marie, Franzi und Kim an. An dieser kleinen Straße schien nun wirklich nichts besonders auffällig zu sein. Kim wollte nicht so schnell aufgeben. Sie holte ihren Paris-Reiseführer und blätterte darin. »Die Straße steht nicht mal drin, nur über den Place St. Augustin schreiben sie, dass es da eine schöne Kirche gibt, die denselben Namen hat wie der Platz.«

Franzi seufzte. »Schon wieder eine Sackgasse, das halt ich nicht aus!« Marie beugte sich noch mal über den Stadtplan und überprüfte die weitere Umgebung der Straße. »Hm, das einzig Interessante könnte noch die Gare St. Lazare sein. Vielleicht hat er sich ja am Bahnhof mit einem Komplizen getroffen oder etwas aus einem Schließfach abgeholt?«

»Möglich«, sagte Kim, »aber das sind alles nur

vage Vermutungen, so kommen wir nicht weiter.«

Franzi zog ihre Füße an und starrte enttäuscht aus dem Fenster. Plötzlich zuckte sie zusammen. »Bleibt, wo ihr seid, macht keine auffällige Bewegung! Ich mach nur schnell das Licht aus und hol unser Fernglas.«

»Was ist denn?«, flüsterte Marie.

Als Franzi den Lichtschalter ausgeknipst hatte und im Dunkeln zurückkam, sagte sie: »Da unten ist unser Busfahrer.«

Gebannt schauten Marie und Kim hinunter auf den Parkplatz, der von zwei Lampen nur spärlich erleuchtet wurde. Tatsächlich! Mike kam gerade aus dem Hintereingang des Hotels und steuerte auf seinen Bus zu.

»Was will er denn da jetzt?«, fragte Kim. »Heute muss er doch gar nicht mehr fahren. Und außerdem gibt es eh gleich Abendessen.«

»Vielleicht will er ja die Zündkerzen überprüfen?«, sagte Marie.

Franzi und Kim unterdrückten ein Kichern. Dann wurden sie schnell wieder ernst und beobachteten den Busfahrer abwechselnd durch das Fernglas. Kim registrierte schnell seine Kleidung und speicherte sie in ihrem Kurzzeitgedächtnis ab: dunkle Hose, heller Pullover und ein langer, gestreifter Schal, Turnschuhe, keine Kopfbedeckung. Leider konnte sie wegen des schlechten Lichts die genauen Farben nicht erkennen.

Mike ging inzwischen zur Vordertür seines Reisebusses, sperrte sie auf und verschwand in der Fahrerkabine. Nach ein paar Sekunden machte er das Deckenlämpchen über seinem Lenkrad an. Die drei !!! konnten seinen Schatten erkennen und seine Bewegungen. Eine Weile beugte sich der Busfahrer nach unten, dann tauchte er wieder auf und schien etwas im Handschuhfach zu suchen. Danach knipste er das Deckenlämpchen wieder aus und blieb im Dunkeln sitzen.

»Was treibt der da?«, wunderte sich Franzi. »Meditiert er, oder was?«

»Glaub ich kaum«, sagte Marie. »Oh Mann, er wird uns doch nicht etwa einpennen?«

Die Sorge war unbegründet. In dem Moment ging die Vordertür auf und Mike kam heraus. Nachdem er die Tür abgeschlossen hatte, blieb er abrupt stehen. Misstrauisch drehte er den Kopf nach links und nach rechts. Unwillkürlich wichen die drei !!! ein Stück von ihrem Fenster zurück.

Maries Herz schlug schneller. Dann spürte sie, wie eine Hand nach ihrer Hand tastete. Es war Franzi. Dankbar nahm sie die Hand ihrer Freundin und drückte sie. Das half wenigstens ein bisschen gegen die Aufregung.

Zum Glück hatte Franzi das Licht ausgeschaltet! Sonst hätte Mike sie sofort gesehen. Vorsichtig beugte sich Marie wieder etwas nach vorne und riskierte einen Blick auf den Parkplatz. Gott sei Dank! Mike schien sie nicht gesehen zu haben.

Der Busfahrer ging nun am Bus entlang, zögerte und machte schließlich vor dem Gepäckfach halt. Er öffnete die Klappe und beugte den Kopf in das Fach.

»Der Typ ist mir echt ein Rätsel«, sagte Kim. »Das Gepäckfach ist doch leer.«

»Es sei denn, er hat sich wieder mal Verenas Koffer geschnappt«, wandte Franzi ein.

Marie schüttelte den Kopf. »Unwahrscheinlich – und viel zu kompliziert.«

Mikes Kopf kam wieder zum Vorschein. Jetzt schien er es auf einmal sehr eilig zu haben. Schnell machte er die Klappe wieder zu und lief zurück zu einem zweiten Hintereingang des Hotels neben den Müllcontainern.

»Wisst ihr, wo der Eingang hinführt?«, fragte Marie.

»Genau weiß ich es auch nicht«, sagte Franzi. »Aber mit den Müllcontainern davor sieht das ganz nach Keller aus.«

Plötzlich sprang Kim vom Fensterbrett hinunter. »Los, wir müssen ihn verfolgen! Ich will wissen, was er im Keller zu suchen hat.«

Überrascht sah Marie ihre Freundin an. Keine Spur von Angst war in ihrem Gesicht zu lesen, im Gegenteil: Sie sprühte vor Tatendrang. Ihre Energie war richtig ansteckend.

Sofort waren Marie und Franzi auch auf den Beinen.

»Dann nichts wie los«, sagte Franzi, »aber leise!«

Vorsichtig entriegelte Kim die Tür, machte sie auf und warf einen Blick in den Flur. »Die Luft ist rein!«

Die drei !!! huschten hinaus und liefen zum Aufzug. Die Leuchtziffer an der Wand zeigte an, dass der Aufzug gerade oben im sechsten Stock steckte.

Marie wollte schon auf den Knopf drücken, da wehrte Franzi ab: »Lass mal! Das dauert viel zu lange.«

Schnell liefen sie weiter zum Treppenhaus. Franzi sprintete als Erste die Treppen hinunter, Marie folgte ihr und als Letzte kam Kim. Nach sechs Stockwerken hatte Marie einen Drehwurm im Kopf und musste sich kurz am Geländer festhalten.

Kim keuchte und hatte einen knallroten Kopf. »Ich frag mich echt, warum ich jogge! Ich werde nie so fit sein wie ihr.«

»Quatsch!«, sagte Marie.

Franzi drängte: »Kommt, wir haben jetzt keine Zeit für so was!« Dann machte sie die Eisentür auf.

Kühle, leicht muffige Kellerluft schlug ihnen entgegen. Der Geruch nach Feuchtigkeit vermischte sich mit dem Geruch nach alten Gebäuden, die eine lange, wechselvolle Geschichte hinter sich haben. Marie bekam eine Gänsehaut. Vielleicht hatte es hier früher ja mal eine Folterkammer gegeben, zur Zeit der Französischen Revolution? Und die Geister der Gefolterten spukten immer noch in den Kellergewölben herum ... Schnell schob Marie den Gedanken beiseite.

Schwer fiel die Kellertür hinter ihnen ins Schloss. Die drei !!! standen im Dämmerlicht des notdürftig erhellten Kellers. Nur langsam gewöhnten sich ihre Augen daran. Dann sahen sie sich um. Vor ihnen lag ein langer, breiter Gang mit einer Gewölbedecke aus dicken Quadersteinen. Nach ein paar Schritten auf Zehenspitzen sahen sie, dass auf beiden Seiten des Gangs jede Menge Seitengänge und -räume abzweigten.

»Oh nein!«, zischte Marie. »Das ist ja ein richtiges Labyrinth hier unten.«

»Stimmt«, sagte Franzi. »Wie sollen wir hier jemanden finden?«

Kim stemmte die Arme in die Hüften. »Aufgeben gilt nicht! Wir müssen eben systematisch vorgehen, Gang für Gang. Am besten nehmen sich zwei von uns die rechte Seite vor und eine die linke, dann kommen wir schneller voran.«

Rasch einigten sie sich, dass Kim und Franzi zusammen rechts suchen würden und Marie links.

Als Marie alleine losging, schlug ihr Herz wieder bis zum Hals hinauf. Sie zwang sich dazu, tief durchzuatmen und sich schon mal eine plausible Erklärung auszudenken, falls Mike oder jemand anderes sie überraschen würde. Was würde am harmlosesten wirken? Wenn sie behauptete, sie hätte sich verlaufen? Nein, noch besser: Sie würde einfach sagen, dass sie von dem beeindruckenden Gewölbekeller gehört hätte und Tom ihr erlaubt hätte, ihn sich anzusehen.

Mit weichen Knien bog sie in den ersten Gang auf der linken Seite ein. Er führte zu zwei niedrigen Räumen, in denen Kartoffeln gestapelt waren. Beim nächsten Gang stieß sie auf eine Reihe von Regalen mit Dutzenden von Weinflaschen darin. Ein paar davon waren schon ziemlich verstaubt und voller Spinnweben. Bevor eine fette Spinne auf die Idee kam, sich auf ihren teuren Mohairpulli abzuseilen, ging Marie lieber schnell wieder hinaus. Beim dritten Gang wusste sie sofort, was in den angrenzenden Räumen aufbewahrt wurde, der Geruch war unverkennbar: Käse! Er schien schon einen fortgeschrittenen Reifegrad erreicht zu haben. Marie hielt sich die Nase zu und machte sich auf den Rückweg. Langsam verlor sie die Hoffnung, Mike noch zu finden. Wahrscheinlich hatte er den Keller längst wieder verlassen und machte sich schon am Abendbrottisch breit. Wie auf Bestellung fing Maries Magen an zu knurren. Das hatte ihr jetzt gerade noch gefehlt!

Als sie zurück im Hauptgang war und gerade den nächsten Seiteneingang betreten wollte, hörte sie plötzlich ein leises Pfeifen und dann Franzis Stimme: »Marie …«

Na endlich!, dachte Marie. Schnell ging sie Franzis Stimme nach, sie schien von weiter vorne zu kommen.

»Marie …«, hörte sie noch mal. Diesmal war es Kims Stimme und schon etwas lauter.

Nach ein paar Abzweigungen sah sie ihre Freundinnen. Sie standen in einem kleinen Raum vor einem großen Regal und winkten Marie zu sich her.

»Was ist denn?«, fragte Marie. »Habt ihr Mike gefunden?«

»Nein«, sagte Franzi, »aber was ziemlich Interessantes.« Sie zeigte auf das Regal.

Marie pfiff durch die Zähne. Meterhoch lagerten hier Kartons mit Laptops und Computern. »Meint ihr, die hat Mike alle geklaut?«

Kim hob die Schultern. »Könnte doch sein, oder?«

Da hörten sie plötzlich, wie vorne am Eingang die Kellertür aufging und Schritte näher kamen. Die drei !!! erschraken. Was sollten sie jetzt machen? Fieberhaft suchten sie nach einem Versteck. Zum Glück stand neben dem Regal ein wuchtiger Schreibtisch aus Holz. Blitzschnell versteckten sich Marie, Franzi und Kim dahinter. Keine Sekunde zu früh, denn die schnellen, leichten Schritte steuerten genau auf ihren Raum zu. Jetzt konnten sie auch Stimmen hören. Auf Französisch unterhielten sich zwei Männer miteinander. Marie sperrte die Ohren auf, aber die Männer sprachen so schnell, dass sie kein Wort verstehen konnte. Als die Männer den Raum betraten, hielt Marie die Luft an. Die Franzosen redeten weiter und gingen zum Regal. Ächzend und stöhnend luden sie sich jeder ein paar Kartons auf und zogen damit ab.

Die drei !!! warteten, bis die Kellertür hinter ihnen ins Schloss gefallen war. Dann atmeten sie auf und wagten, sich wieder zu rühren.

»Ich fass es nicht«, sagte Franzi. »Warum mussten sich die von den tausend Kellerräumen ausgerechnet unseren aussuchen?«

»Schicksal«, sagte Kim. »Schade, dass Mike nicht dabei war.«

Marie klopfte sich den Staub von ihrer Hose und richtete sich auf. »Stimmt. Aber findet ihr nicht, dass wir langsam mal hier aus diesem Raum verschwinden sollten? Wer weiß, ob die Franzosen nicht gleich wieder zurückkommen?«

Sofort sprang Kim auch auf. »Klar, daran hab ich gar nicht gedacht. Was meint ihr? Sollen wir die Aktion ganz abbrechen?«

»Ich weiß nicht«, sagte Franzi, während sie zurück zum Hauptgang gingen.

»Lasst uns noch weitersuchen«, schlug Marie vor.

Die drei !!! sahen sich unschlüssig an. Da hörten sie plötzlich ein neues Geräusch: wieder Schritte, aber diesmal kamen sie nicht vom Eingang, sondern von weiter hinten aus dem Keller. Sofort waren sich alle einig: Die Schritte hatten ihnen die Entscheidung abgenommen, weiterzumachen. Vielleicht war es ja Mike!

Leise folgten sie ihnen. Im Gegensatz zu den Franzosen waren die neuen Schritte schwerer und schlurften ein bisschen. Immer tiefer tauchten die drei !!! in das Labyrinth des Kellers ein. Mal waren die Schritte leiser, mal wieder etwas lauter, aber zum Glück immer gut zu hören, da das Kellergewölbe alle Geräusche verstärkte.

Marie bekam wieder weiche Knie. Hoffentlich hörte der Typ, den sie verfolgten, nicht auch ihre Schritte! Aber die Schritte liefen unbeirrt weiter. Nach einer Weile kamen die drei !!! in den hinteren Bereich des Kellers. Der Hauptgang verbreiterte sich und links und rechts standen nun große Fässer an der Wand. Marie, Franzi und Kim nutzten sie, um sich immer wieder hinter einem Fass zu verstecken, bevor sie weitergingen.

Plötzlich blieben die Schritte stehen. Die drei !!! duckten sich hinter einem Fass. Jemand schnäuzte sich in ein Taschentuch. Dann grummelte er etwas Unverständliches. Die Stimme kam Marie sofort bekannt vor. Das war Mike!

Na also! Dann hatte sich die ganze Aufregung ja doch noch gelohnt. Gespannt wartete Marie mit den anderen beiden, was Mike vorhatte.

Keine fünf Sekunden waren verstrichen, als eine Tür am Ende des Gangs aufging und jemand von der anderen Seite des Kellers hereinkam.

»Da bist du ja«, sagte Mike.

Der andere antwortete mit einer tiefen Bassstimme: »Schön, disch mal wieder zu treffen.« Er war offenbar Franzose, sprach aber sehr gut Deutsch. »Wie geht es dir? Lange nischt gesehen.«

»Gut, gut«, sagte Mike ungeduldig. »Wie immer, Philippe. Aber ich hab leider nicht viel Zeit.«

Philippe lachte. »Typisch die Deutschen, haben nie viel Zeit! Na gut, wie du meinst, dann kommen wir gleich zur Sache.«

»Sehr gut«, sagte Mike.

»Und, warst du erfolgreich?«, fragte Philippe.

Mike brummte: »Sowieso. Alles ist nach Plan gelaufen, keine unangenehmen Begegnungen mit der Polizei, gar nichts. Und der Reiseleiter, den ich diesmal dabeihab, ist zwar nervig, aber total naiv. Besser könnte es gar nicht sein. Ich hab alles im Griff.«

»Davon bin isch überzeugt«, sagte Philippe. »Deshalb arbeite isch ja auch so gern mit dir zusammen, Mike, immer pünktlich und zuverlässig und immer alles tipptopp.«

»Danke«, sagte Mike. »Und bei dir? Ist dir jemand über den Weg gelaufen, als du hierhergekommen bist? Jemand, der nach neugierigem Schnüffler aussieht?«

Philippe lachte wieder. »Nein, kein Mensch. Ich kenne das Hotel in- und auswendig und hab meinen ganz persönlichen Schleichweg.«

»Gut«, sagte Mike. »Du weißt, dass ich das fragen muss. Keiner aus dem Hotel darf Verdacht schöpfen, wirklich keiner! Auch nicht eins von den neugierigen Kids.«

Marie musste grinsen. Zu spät! Dazu hätte sich Mike schon eine bessere Lügengeschichte ausdenken müssen.

»Bien«, sagte Philippe. »Dann hast du sicher auch wieder einen Plan, wie es weitergehen wird?«

»Sowieso«, wiederholte Mike. Das schien sein Lieblingswort zu sein. »Keine weiteren Aktionen hier im Hotel und auf dem Parkplatz, das ist viel zu gefährlich.«

»Klar«, sagte Philippe. »Mir wird jetzt noch schlecht, wenn isch daran denke, wie uns die Hotelchefin letztes Jahr beinahe erwischt hätte.«

Langsam wurde Marie immer ungeduldiger. Konnten die beiden endlich mal Klartext reden? Worum ging es hier eigentlich?

Mike schnäuzte sich wieder in sein Taschentuch. »Genau, also, hör zu: Wir lassen das Ganze morgen laufen, an einem neutralen Ort.«

»Gute Idee«, sagte Philippe. »An welchen Ort hast du dabei gedacht?«

Mikes Stimme wurde etwas leiser. Die drei !!! mussten ganz genau hinhören, um sie zu verstehen.

»Kennst du Le Lapin Agile?«, fragte er.

»Wie?«, fragte Philippe. »Was soll das denn sein?«

Mike zischte: »Ist mir lieber, wenn du es selbst

herausfindest. Das dürfte nicht allzu schwer für dich sein, schließlich bist du ja hier in Paris zu Hause. Es ist nur wegen … na ja, auch Wände können Ohren haben.«

Philippe lachte kurz auf. »Du bist wirklich sehr vorsichtig, aber du hast recht, lieber vorsichtig als leichtsinnig.«

»Es gibt nur einen Ort in ganz Paris, der so heißt«, redete Mike weiter, »ich hab mich extra erkundigt. Wir treffen uns dort um 15:30 Uhr. Und bitte sei pünktlich, ich hab nur ganz kurz Zeit.«

»Alles klar«, sagte Philippe. »Dann wäre alles geklärt? Isch freu misch, dass wir beide wieder ins Geschäft kommen. Das macht richtig Spaß. Manchmal vergesse ich fast dabei, dass es etwas Kriminelles ist, das wir tun.«

»Pssst!«, machte Mike.

»Schon gut«, sagte Philippe. »Kein Wort mehr in der Richtung. Dann also bis morgen.«

»Bis morgen«, sagte Mike.

Die drei !!! hörten, wie sich die Männer gegenseitig auf die Schultern klopften. Dann klappte die hintere Kellertür. Mike blieb noch eine Weile stehen, bevor er sich in die entgegengesetzte Richtung aufmachte. Marie, Franzi und Kim quetschten sich noch tiefer hinter das Fass und warteten mit angehaltenem Atem, bis Mike an ihnen vorbei war. Langsam entfernten sich die Schritte des Busfahrers und endlich hörten sie die Kellertür, durch die auch sie gekommen waren. Sicherheitshalber warteten sie noch ein paar Sekunden, bis sie wieder hinter dem Fass auftauchten.

»Abgefahren!«, rief Franzi. »Da haben wir ja einen Volltreffer gelandet mit unserem Mike. Und dass wir auch noch genau im richtigen Moment dazugekommen sind ... So viel Glück auf einmal gibt's eigentlich gar nicht.«

Kim knetete ihren rechten Fuß, der beim Kauern hinter dem Fass eingeschlafen war. »Ich kann's auch kaum glauben.«

»Morgen müssen wir unbedingt wieder dabei sein«, sagte Marie. »Kommt, lasst uns gleich aufs Zimmer gehen und rausfinden, was sich hinter diesem komischen ›Le Lapin Agile‹ verbirgt.«

Franzi schaute auf ihre Armbanduhr. »Sorry, erst müssen wir uns im Speisesaal blicken lassen. Wenn wir beim Abendessen nicht auftauchen, fällt das auf.«

»Überredet«, sagte Kim, deren Magen schon seit einer Weile knurrte.

Da während des Abendessens nichts Besonders passierte – Mike saß wieder mufflig wie immer am Tisch und verdrückte schweigend riesige Portionen –, beschlossen die drei !!!, so bald wie möglich zu verschwinden.

»Endlich!«, sagte Marie, als sie zurück auf ihrem Zimmer waren. Zur Sicherheit sah sie aus dem Fenster, doch diesmal war der Parkplatz leer. Als ihr Blick auf die Mülltonnen fiel, rief sie: »Hey, kommt mal her!«

Franzi und Kim traten neben sie ans Fenster. Die Mülltonnen waren plötzlich voll und quollen über vor lauter Kartons. Kartons, die ihnen sofort bekannt vorkamen.

»Ein Rätsel hätten wir schon mal gelöst«, stellte Franzi fest. »Die Computer im Keller waren offensichtlich Schrott und die Franzosen haben sie weggeworfen. Die beiden haben also nichts mit den kriminellen Machenschaften von Mike und Philippe zu tun.«

»Ganz ausschließen können wir es natürlich nicht«, schränkte Kim ein, die dadurch wieder mal ihrem Ruf als penibelste Detektivin der drei !!! gerecht wurde. »Aber du hast recht, die Wahrscheinlichkeit geht gegen null.«

Marie kramte inzwischen in ihren Sachen und holte ihren Paris-Reiseführer heraus. »Le Lapin Agile, hm, ob das wohl da drinsteht?« Ohne große Erwartungen blätterte sie das Inhaltsverzeichnis mit den Sehenswürdigkeiten durch –

und stieß wenig später einen Schrei aus. »Ha, hier ist es!«

»Wo?«, riefen Franzi und Kim gleichzeitig und liefen zu ihr hin.

»Wartet!«, sagte Marie, während sie die angegebene Seite aufschlug. Schnell überflog sie den kurzen Absatz und schüttelte den Kopf. »Mike hätte sich die Geheimnistuerei sparen können, hier steht nämlich, dass das Le Lapin Agile eine legendäre Künstlerkneipe ist, die oft von Touristen besucht wird. Übersetzt heißt die Kneipe ›Flinker Hase‹. Früher war dort ein ›Cabaret des Assasins‹, ein ›Kabarett der Mörder‹.«

»Hihi!«, kicherte Kim. »Das passt ja wie die Faust aufs Auge zu unseren beiden Schurken.«

Franzi zog den Reiseführer an sich, um den Absatz selber nachlesen zu können. »Hier ist auch die Adresse: 22, Rue des Saules in Montmartre.«

Jetzt stieß Kim einen Schrei aus. »Montmartre! Da fahren wir doch morgen sowieso hin, um die Wallfahrtskirche Sacré-Cœur anzuschauen.«

»Sehr clever von Mike«, sagte Marie. »Den Treffpunkt hat er bewusst so gewählt, damit er unauffällig zu seinem Date verschwinden kann, während wir die Kirche bewundern.«

Ein Check auf dem Stadtplan bestätigte ihre

Vermutung: Die Rue des Saules lag ganz in der Nähe von Sacré-Cœur.

»Ich fürchte, wir müssen unsere Kirchenbesichtigung morgen etwas abkürzen«, sagte Franzi.

»Das fürchte ich auch«, sagte Marie. »Ich kann's kaum erwarten zu erfahren, welches geheimnisvolle Verbrechen die beiden vorhaben.«

Geheimnisvolle Übergabe

Am nächsten Nachmittag meinte es das Wetter wieder mal gut mit der deutschen Reisegruppe. Ein strahlend blauer Himmel wölbte sich über Paris, als Mike den Bus in eines der beliebtesten Touristenviertel lenkte.

Tom griff sich das Mikrofon und erzählte für alle, die es wissen, und auch für die, die es nicht wissen wollten, eine Unmenge an Details: »Bonjour, bonjour, Leute! Das ehemalige Dorf Montmartre war im 19. Jahrhundert eine künstlerische und literarische Hochburg und beliebtes Ausflugsziel. Heute gibt es immer noch Künstler hier, aber sie malen vor allem für Touristen und stellen auf der Place du Tertre ihre Arbeiten aus ...« Er holte weiter aus und schwärmte unter anderem vom Kinofilm »Die fabelhafte Welt der Amélie«, der auf Montmartre spielte.

Marie, Franzi und Kim hörten nicht zu, nicht weil sie genervt, sondern weil sie heute viel zu aufgeregt waren. Ständig sah Kim auf ihre Armbanduhr, obwohl es erst halb zwei war, und Marie tastete immer wieder nach ihrer Tasche, in der die wichtigsten Utensilien für ihre heutige Aktion steckten.

Wenig später parkte Mike den Bus in der Nähe der Place du Tertre. Während die anderen ausstiegen, beobachteten die drei !!! genau, ob Mike sich ihnen anschließen oder sich jetzt schon aus dem Staub machen würde. Aber er schloss in aller Ruhe den Bus ab und folgte Tom und der Gruppe.

Bald waren sie mitten im Gewimmel der Touristen und Künstler. Jeder Künstler hatte seine Staffelei mit mehreren Bildern vollgepackt, meistens Ansichten von Montmartre, kleine Landschaften oder Porträts in Öl.

»Ist das schön!«, rief Kim und blieb vor einem Bild stehen, das die Auslage einer Patisserie zeigte und in Pastellfarben, vor allem mit viel Rosa, gemalt war.

Marie rümpfte die Nase. »Kitschig meinst du wohl!«

»Ich weiß schon, warum dir das Bild gefällt«, sagte Franzi. »Weil da lauter süße Sachen drauf sind.«

Kim fühlte sich ertappt und behauptete schnell: »Gar nicht wahr!«

Vor ihnen waren die Superzicken stehen geblieben und betrachteten fasziniert, wie ein Maler eine ältere Touristin porträtierte. Er verwendete sehr viel Weichzeichner und mogelte etliche Falten der Touristin weg.

»So ein Porträt will ich auch«, flötete Luise und fuhr sich durch die langen, rot getönten Haare.

»Das war ja klar«, raunte Marie Kim und Franzi zu. »Aber leider hat auch die raffinierteste Kunst ihre Grenzen: einmal Hexe, immer Hexe!«

Kim und Franzi kicherten hinter vorgehaltener Hand.

Luise, die Maries Bemerkung leider gehört hatte, drehte sich um und warf den drei !!! einen bösen Blick zu.

Doch bevor sie etwas Abfälliges sagen konnte, ging Tom dazwischen. »Ich glaube, das ist keine gute Idee, Luise. So ein Porträt ist unverschämt teuer und außerdem haben wir nicht so viel Zeit.«

Schmollend gab Luise schließlich auf.

Tom lotste die Gruppe weiter in Richtung Sacré-Cœur. Die weiße Zuckerbäckerkuppel der Kirche war bereits gut zu sehen. Auf dem Weg mischten sich immer mehr Jugendliche unter die Touristen. Und als sie bei der Kirche angelangt waren, standen viele junge Leute auf der langen Treppe in Grüppchen zusammen.

Normalerweise hätte Marie sicher ein paar Leute angequatscht, aber heute hatte sie dafür keinen Nerv. Die Zeiger ihrer Armbanduhr rückten immer weiter: Jetzt war es schon fünf nach halb drei. Unauffällig sah sie zu Mike hinüber. Dem war nichts davon anzumerken, dass er in einer Stunde etwas Illegales vorhatte. Ruhig ließ er Toms Redeschwall über sich ergehen.

Die Gruppe ließ sich vom Strom der anderen Touristen in die Kirche hineinziehen. Der Innenraum wurde von einer Unmenge an Kerzen in ein warmes Licht getaucht. Nachdem sie eine Weile die mächtigen Säulen und kleinen Mosaiken bewundert hatten, steuerte Tom zielstrebig auf die Apsis zu und zeigte ihnen ein riesiges Mosaik, auf dem die Heilige Dreifaltigkeit zu sehen war.

Danach verkündete er: »So, und jetzt steigen wir alle in die Kuppel. Da kann man den Innenraum der Kirche von oben sehen und bekommt als Krönung ein super Panorama weit über Paris hinaus!«

Alle bis auf Marie, Franzi und Kim jubelten und im Schutz der Begeisterungsrufe raunte Mike Tom ein paar Worte ins Ohr.

Der nickte und sagte: »Okay, dann bis um vier Uhr am Parkplatz.«

Und schon machte Mike auf dem Absatz kehrt und verschwand.

Die drei !!! tauschten einen Blick. Höchste Zeit

für ihren Abflug! Aber davor mussten sie noch etwas erledigen. Schnell zogen sie Sofie zur Seite.

»Was ist los?«, fragte Sofie verwundert.

»Wir müssen mal kurz weg«, flüsterte Franzi, »in Sachen Detektivclub.«

Sofie nickte langsam, aber sie schien verstanden zu haben. »Falls Tom es merkt, kannst du ihm dann sagen, dass Marie wieder schlecht geworden ist und wir mit ihr an die frische Luft gegangen sind?«, fragte Franzi.

Sofie nickte noch mal. »Okay ...«

»Äh ...«, fügte Marie hinzu, »am besten sagst du ihm gleich, dass wir schon mal zum Parkplatz vorausgegangen sind.«

»Alles klar«, sagte Sofie.

Die drei !!! waren heilfroh, dass Sofie, die auch sonst kaum den Mund aufbekam, auch jetzt keine Fragen stellte. Sie warteten noch, bis Tom sich umdrehte, und tauchten dann in der Menge unter, die zum Ausgang strömte.

Als sie draußen waren, rannten sie erst mal ein Stück. In einer ruhigen Seitengasse blieben sie stehen und Marie machte mit einem triumphierenden Lächeln ihre Tasche auf. »Voilà, hier kommt unsere Tarnung!«

Nach und nach zog sie zwei Seidentücher, Sonnenbrillen und einen schwarzen Hut mit breiter Krempe heraus.

»Hat sich doch gelohnt, was, dass ich ein bisschen mehr eingepackt hab?«, fragte sie.

»Ja, ja«, sagte Franzi ungeduldig.

Schnell schlangen Franzi und Kim die Seidentücher um ihre Köpfe und setzten die Sonnenbrillen auf. Marie zog die Krempe des Huts tief in die Stirn und sah sofort mindestens zwei Jahre älter aus. Prüfend betrachteten sie sich gegenseitig.

Kim steckte eine vorwitzige rote Strähne unter Franzis Tuch, dann nickte sie. »Jetzt ist alles perfekt.«

»Okay«, sagte Marie. »Seid ihr bereit?«

»Klar«, sagte Kim.

Da schüttelte Franzi plötzlich den Kopf. »Noch nicht. Macht es euch was aus, wenn wir noch mal den Schwur aufsagen? Irgendwie brauch ich grade ein bisschen Energie.«

»Okay, aber schnell«, drängte Marie.

Die drei !!! stellten sich im Kreis auf, streckten die Arme aus und legten die Hände übereinander. Dann riefen sie im Chor: »Die drei !!!« Kim flüsterte: »Eins!«, Franziska: »Zwei!«, und Marie: »Drei!«. Zum Schluss hoben sie gleichzeitig die Hände in die Luft und riefen: »Power!«

Danach rannten sie los, so schnell sie konnten, um ihre Verspätung wieder aufzuholen, Kim immer voraus, da sie die beste Orientierung von allen hatte und sich die Strecke genau eingeprägt hatte. Zum Glück ging es meistens abwärts. Bald trafen sie auf die Rue des Saules, die steil am Weinberg bergab führte. Als sie sich der Hausnummer 22 näherten, verlangsamten sie das Tempo und taten so, als seien sie harmlose Touristinnen, die nur die pittoreske Gegend bewundern wollen. Hinter ihren Sonnenbrillen scannten sie, ob Mike irgendwo auftauchte, doch weit und breit war keine Spur von ihm zu sehen. Allerdings war es auch erst Viertel nach drei, also noch fünfzehn Minuten bis zur vereinbarten Zeit. Zögernd gingen sie immer näher auf das Ziel zu. Die Nummer 22 war ein niedriges, rot gestrichenes Haus mit grünen Fensterläden, die alle geschlossen waren. Anscheinend machte die Kneipe erst abends auf. Im ersten Stock rechts neben einem Fenster war ein Aushängeschild an die Fassade gemalt: Darauf konnte man, schon leicht verblasst, einen Hasen erkennen, der gerade aus einem Kochtopf hüpfte.

Die drei !!! gönnten sich nur einen kurzen Blick auf das Bild und sahen sich nach einem geeigneten Beobachtungsposten um. Auf der anderen Straßenseite wurden sie fündig: Dort parkte ein dunkelblauer Kleinbus. Langsam schlenderten sie hinüber und gingen hinter dem Wagen in Position.

Besorgt drehte sich Marie nach allen Seiten um, ob jemand sie gesehen hatte und misstrauisch geworden war. Doch außer zwei alten Frauen, die ein paar Häuser weiter ein Schwätzchen hielten, und einem struppigen Hund, der nach essbaren Abfällen suchte, war niemand unterwegs.

»Der Countdown läuft«, flüsterte Kim. »Noch sieben Minuten.«

Da fiel Marie etwas ein. »Hast du eigentlich das Aufnahmegerät dabei?«

»Nein, wieso?«, fragte Kim. »Ich dachte, das hast du eingepackt mit den ganzen anderen Sachen.«

»Davon war nie die Rede!«, sagte Marie.

Franzi sah von einer zur anderen. »Heißt das, wir stehen hier ohne Aufnahmegerät da?«

»Ich fasse es nicht. Mensch, sind wir blöd!«, rief Marie.

»Wie konnte das bloß passieren!«, sagte Kim laut und schlug sich mit der Hand an die Stirn.

»Seid ihr verrückt?«, zischte Franzi. »Jeden Moment können Mike und Philippe hier auftauchen. Außerdem ist es jetzt eh zu spät, um das Gerät noch zu holen.«

Das sahen schließlich beide Mädchen ein. Trotzdem ärgerte sich Marie immer noch über Kim. Wie konnte ihr das nur passieren, wo sie doch sonst die Zuverlässigste von allen war? Leise stöhnte sie, dann konzentrierte sie sich wieder auf die Straße.

Zwei Minuten und dreiunddreißig Sekunden später hörten die drei !!! ein brummendes Motorengeräusch, das von einem größeren Auto stammen musste. Und da kam auch schon Mike mit seinem Reisebus angefahren.

Typisch Autofahrer, dachte Marie. Nicht mal die paar Minuten von der Kirche hierher kann er zu Fuß gehen.

Mike bremste und hielt nach einem Parkplatz Ausschau. Zum Glück waren die Plätze neben dem Kleinbus alle schon besetzt. Mike musste ein Stück weiter vorfahren. Auf der anderen Straßenseite parkte er den Bus und stieg aus, mit einem Rucksack auf dem Rücken. Was da wohl drin war? Das würden die drei !!! hoffentlich bald erfahren.

Pfeifend, die Hände in den Hosentaschen vergraben, schlenderte Mike auf die Künstlerkneipe zu. Als er dort ankam, holte er ein Päckchen aus seiner Jackentasche und zündete sich eine Zigarette an.

Marie musste an die DVD-Sammlung ihres Vaters denken. Jetzt sah Mike genauso aus wie einer dieser lässigen Verbrecher aus den französischen Krimis. Die hatten auch immer die Ruhe weg.

Aber als Marie den Busfahrer genauer beobachtete, merkte sie, dass seine Finger, die die Zigarette hielten, zitterten. Also war er in Wirklichkeit doch nicht so cool und machte sich wahrscheinlich vor Angst fast in die Hosen.

Auch die Art zu rauchen verriet Mikes Unruhe. Hastig zog er an der Zigarette und warf sie weg, obwohl er sie erst halb aufgeraucht hatte. Er ging ein paar Schritte auf und ab und starrte dabei auf die andere Straßenseite. Jetzt starrte er direkt zum Kleinbus hinüber!

Marie, Franzi und Kim stockte der Atem. Hatte er sie etwa entdeckt? Doch da drehte Mike schon wieder den Kopf herum und schaute in die andere Richtung. Das war ja gerade noch mal gut gegangen!

In dem Moment bog ein schlanker, großer Mann um die Ecke. Das musste Philippe sein! Kim prägte sich die Personenbeschreibung ein, gestern im Keller hatten sie ihn ja nur als Schatten wahrnehmen können. Philippe war ca. 1,72 Meter groß, hatte volles, schwarzes Haar, trug eine silberne Designerbrille, blaue Jeans und ein weißes Hemd. Wenn Kim nicht gewusst hätte, dass er ein Verbrecher war, hätte sie es garantiert nicht vermutet. Er sah eher aus wie ein Typ, der bei der Bank oder bei einer Versicherung arbeitete.

Mit großen Schritten ging Philippe auf Mike zu. »Bonjour! Wie du siehst, hab isch es gefunden.«

»Ja, sehr schön«, sagte Mike. »Die Luft ist rein? Keiner ist dir gefolgt?«

Philippe schüttelte den Kopf. »Niemand. Aber jetzt mach schon, ich kann es kaum noch erwarten.«

»Gleich«, sagte Mike. »Erst brauche ich was von dir.«

»Natürlisch.« Philippe griff in seine Hosentasche und holte ein Kuvert heraus.

Mike nahm es, schaute kurz hinein, nickte und steckte es in die Innentasche seiner Jacke. Danach setzte er den Rucksack ab und holte eine weiße Plastiktüte heraus, auf der ein ausladender Schriftzug stand.

Schnell holte Marie das Fernglas aus ihrer Tasche und fokussierte die Tüte. Die Buchstaben des Schriftzugs sahen merkwürdig aus. Es waren keine normalen lateinischen, sondern fremdartige, verschlungene Buchstaben. Ratlos gab sie das Fernglas an Kim und Franzi weiter.

Philippe griff gierig nach der Tüte und warf einen Blick hinein. Halblaut zählte er: »Eins, zwei, drei, vier ... zehn ... zwölf. Perfekt, genau wie ausgemacht, danke dir!«

»Nichts zu danken«, sagte Mike.

»Doch, doch«, meinte Philippe, »du bist der Größte!«

Marie spürte einen leichten Knuff in den Rippen. Kim hatte sie angestoßen und zeigte auf den gegenüberliegenden Gehsteig. Da kamen zwei französische Polizisten näher, sie gingen direkt auf Mike und Philippe zu.

Wenige Sekunden später hatten die beiden die Polizisten auch entdeckt. Mikes Augen weiteten sich vor Panik, instinktiv wollte er weglaufen. Im letzten Moment hielt ihn Philippe zurück und zischte: »Bist du wahnsinnig?«

Mike riss sich zusammen und blieb stehen. Er versuchte zu lächeln, aber es kam nur eine verzerrte Grimasse dabei heraus. Auf seiner Stirn bildeten sich Schweißperlen. Philippe nahm das Ganze viel gelassener. Er strich sich die schwarzen Haare zurück und sah den Polizisten ruhig entgegen.

Jetzt waren die Polizisten genau vor ihnen. Sie sprachen die beiden an: »Bonjour ...« Den Rest konnten die drei !!! leider nicht verstehen.

Mike wischte sich die feuchten Hände an seiner Hose ab und hörte aufmerksam zu. Nach einer Weile entspannten sich seine Gesichtszüge. »Oui, oui«, sagte er.

Dann ging er mit den Polizisten zu seinem Bus. Die Polizisten zeigten auf seine Rückleuchten. Erst jetzt merkten auch Marie, Franzi und Kim, dass die Leuchten brannten, obwohl es noch längst nicht dunkel war.

Mike stieg in den Bus und schaltete die Rückleuchten aus. Dann sprang er wieder auf den Gehsteig und bedankte sich bei den Polizisten: »Merci, merci!« Auch Philippe bedankte sich und erzählte irgendetwas von »oublieux«, wahrscheinlich wollte er damit sagen, dass sein Freund immer so vergesslich sei.

Die Polizisten tippten mit den Fingern an ihre Mützen und einer von ihnen antwortete: »Il n'y a pas de quoi!« Dann verabschiedeten sie sich von Mike und Philippe und gingen weiter. Als sie um die Ecke gebogen waren, stöhnte Mike auf. »Ich wäre fast gestorben!«

Philippe lachte. »Das ist auch wieder typisch deutsch. Entspann dich, Mike! Es ist doch nischts passiert.«

»Nichts passiert«, wiederholte der Busfahrer. »Du bist gut, aber beinahe wäre etwas Schreckliches passiert. Und dann würden wir beide jetzt im Polizeiauto sitzen und schon morgen im Knast sein.«

»Du machst alles gleich so dramatisch«, sagte Philippe. »Komm, lass uns noch irgendwo einen Wein trinken gehen.«

»Wie kannst du jetzt bloß an Wein denken?«,

rief Mike empört. »Nein, ich fahr sofort los, ich bin sowieso spät dran.«

Philippe zuckte mit den Schultern. »Wie du meinst, war nur ein Vorschlag. Also dann, wann sehen wir uns wieder? Weißt du schon was?«

»Nein«, antwortete Mike.

»Können wir schon was ausmachen?«, hakte Philippe nach.

»Nein!«, sagte Mike schon etwas schärfer. »Ich ruf dich an.«

Da gab Philippe es auf, weiter zu drängen. Er hob den Arm und winkte Mike kurz zu. Dann nahm er die Plastiktüte fest in die Hand und ging davon. Mike sprang in seinen Bus, als wäre die Polizei tatsächlich hinter ihm her, und brauste davon.

Wie betäubt kamen die drei !!! hinter dem Kleinbus hervor und nahmen ihre Sonnenbrillen ab.

»Was war denn das jetzt?«, fragte Kim und zupfte an ihrem Seidentuch herum.

Franzi pfiff durch die Zähne. »Also für mich riecht das verdammt nach Drogen, die Geldübergabe, der Umschlag, die Tüte, in der wahrscheinlich der Stoff drin war ...«

»Ja, genau«, sagte Marie. »Konntet ihr den Schriftzug auf der Plastiktüte lesen?«

Kim und Franzi schüttelten die Köpfe.

»Nee«, sagte Kim, »aber vielleicht stand ja auf Persisch ›Haschisch – beste Qualität‹ drauf?«

Marie kicherte. Dann dachte sie wieder kurz an das Aufnahmegerät. Klar war es schade, dass sie es nicht dabeigehabt hatten, aber andererseits hatten auch weder Mike noch Philippe ein Geständnis abgelegt. Noch nicht!

Plötzlich riss Kim ihr Seidentuch vom Kopf. »Hilfe, wir müssen zurück zum Bus, sonst reißt uns Tom noch den Kopf ab!«

Alles klar, Herr Kommissar!

Vierzig Minuten später stieg Marie aus dem Bus und ging auf das Jugendhotel zu. Kim war mal wieder viel zu ängstlich gewesen. Die drei !!! waren genau rechtzeitig auf den Parkplatz gekommen, als auch die anderen dort eintrudelten und Mike an der Vordertür des Busses lehnte, als ob er die ganze Zeit dort gewesen wäre. Tom hatte sie wie immer übertrieben freundlich begrüßt und sich besorgt erkundigt, ob es Marie immer noch schlecht sei. Sofort hatte sie versichert, dass es ihr wieder gut ginge, und Sofie einen dankbaren Blick zugeworfen.

Jetzt freute sich Marie darauf, nach oben zu gehen und endlich die schwere Tasche loszuwerden. Zum Glück war auch noch viel Zeit bis zum Abendessen.

Als sie die Haustür aufmachte und schwungvoll die Eingangshalle durchquerte, rief plötzlich jemand hinter ihr: »Warte, nischt so schnell!«

Verwundert drehte sie sich um. Vor ihr stand Christophe, die Hände hinter dem Rücken verschränkt, und blitzte sie frech an. Marie warf ihre blonden Haare nach hinten. »Wieso? Was ist?«

Christophe grinste noch frecher. »Vermisst du nichts?«

»Nicht dass ich wüsste«, sagte Marie und überlegte, was das werden sollte, ein Frage-und-Antwort-Spiel oder ein Flirt.

Da tippte ihr Franzi auf die Schulter. »Wir gehen schon mal rauf ins Zimmer. Treffen wir uns gleich wieder im Aufenthaltsraum?«

»Klar«, sagte Marie, die nur mit halbem Ohr zugehört hatte.

Aus den Augenwinkeln registrierte sie, dass Kim von einem bis zum anderen Ohr grinste und Franzi genervt die Augen verdrehte. Sie ließ sich davon nicht ablenken und konzentrierte sich wieder auf Christophe.

Der zwinkerte ihr verschwörerisch zu und raunte: »Isch hab ja gehört, dass es hier von Dieben nur so wimmelt. Du solltest unbedingt besser aufpassen.«

Marie wurde hellhörig. Hatte sich die Umfrage, die Franzi und sie gemacht hatten, etwa schon bis zu den Franzosen rumgesprochen?

Da nahm Christophe seine Hände hinter dem Rücken weg und präsentierte Marie ein grünes Seidentuch.

»Wo hast du das her?«, fragte Marie.

Christophe klimperte unschuldig mit seinen dichten Wimpern. »Gestohlen natürlisch!«

Jetzt machte es Klick bei Marie. In der Eile beim Aussteigen hatte sie ihre Tasche nicht richtig zugemacht und das Tuch musste wohl herausgerutscht und auf den Boden gefallen sein. Marie setzte ihren verführerischsten Augenaufschlag ein. »Dann bist du also ein ganz schlimmer Dieb?«

Christophe nickte und versuchte, dabei ernsthaft zu bleiben. Marie streckte ihre Hand aus und griff nach dem Seidentuch. Dabei richtete sie es so ein, dass sich ihre Hände kurz berührten. Christophes Hand war ganz warm und weich. In Maries Bauch fing es an zu kribbeln.

Christophe gab ihr das Tuch zurück. »Wie heißt du eigentlich?«

»Marie.«

»Und isch bin ...«

»Christophe«, sagte Marie, »ich weiß.«

Christophe hob erstaunt die Augenbrauen. »Woher ...?«

»Am ersten Tag hast du Verena angeboten, ihren Koffer zu suchen.«

»Ach so, ja«, sagte Christophe und wieder blitzte er sie frech an. »Damals war isch auch ein ganz schlimmer Dieb, nur leider hat Verena mein schönes Spiel nicht verstanden.«

Plötzlich war das Kribbeln im Bauch weg. Marie starrte Christophe an. »Wie bitte? Du hast Verenas Koffer geklaut?«

Christophe nickte beschämt, aber es tat ihm auch jetzt offenbar nicht wirklich leid. »Isch hab ihn nur ganz kurz in eine Nische gestellt in der Eingangshalle. Und ich hab ihn auch gleich wieder zurückgebracht auf Verenas Zimmer, als ich gemerkt hab, dass sie so verzweifelt war.«

Marie schüttelte den Kopf. So eine abenteuerliche Flirtmasche war ihr bis jetzt noch nie untergekommen. Sollte sie Christophe nun böse sein oder nicht? Schließlich war er schuld daran, dass sie ewig Tom hinterhergejagt waren.

Ein Blick in seine braunen Augen genügte, und sie musste lachen. Er hatte ja nicht ahnen können, was er damit auslösen würde.

»Was ist?«, fragte Christophe. »Wollen wir heute Abend zusammen tanzen?«

Auf einmal fuhr ein heftiger Stich durch ihre Brust. Was tat sie da eigentlich? Flirtete hier hemmungslos mit einem Wildfremden, obwohl sie doch in Stefan verliebt war! Schnell stopfte sie das Tuch zurück in ihre Tasche und sagte: »Tut mir leid, daraus wird nichts. Heute Abend hab ich leider keine Zeit.«

Christophe ließ nicht locker. »Und morgen Abend?«

»Morgen Abend sind wir schon wieder in Deutschland«, sagte Marie.

»Seeehr schade!«, rief Christophe.

»Tja, so ist es«, sagte Marie, drückte sich an ihm vorbei und ging zum Aufenthaltsraum. Christophes Blicke kribbelten auf ihrem Rücken, aber sie zwang sich dazu, sich nicht noch mal umzudrehen, und Christophe folgte ihr auch zum Glück nicht. Stöhnend ließ sie sich in einen Sessel fallen. Da kamen auch schon Kim und Franzi.

»Sag bloß, du hast dich in diesen Typen verliebt«, sagte Franzi.

»Quatsch!«, erwiderte Marie. »Wir haben uns nur kurz unterhalten, mehr nicht.«

Kim grinste. »Von wegen, das war Flirtstufe 100.«

Marie überlegte, wie sie am besten das Thema wechseln konnte, als Mike den Aufenthaltsraum betrat. Sofort verstummten Franzi und Kim.

Marie nahm ein paar Zeitschriften vom Tisch und verteilte sie an ihre Freundinnen. Zu dritt verschanzten sie sich hinter den Blättern, damit Mike nicht auf sie aufmerksam wurde und sie ihn trotzdem unauffällig beobachten konnten. Ansonsten war der Raum leer bis auf die Hotelchefin, die gelangweilt ein paar Gläser ins Regal einräumte.

Der Busfahrer sah sich kurz um und verzog sich dann auf eine Sitzgruppe beim Fenster. Sobald er saß, holte er das Handy heraus und wählte eine Nummer.

»Mist, besetzt!«, murmelte er.

Kim beugte sich zu Marie und Franzi vor und sagte leise: »Bin gleich wieder da. Hol nur schnell was.«

Verärgert sah Marie ihr nach. Was sollte das denn jetzt? Doch dann fiel ihr plötzlich ein, was Kim bestimmt holen wollte: das Aufnahmegerät. Sehr clever!

Mike versuchte es inzwischen noch einmal. »Wieder besetzt!« Nervös trommelte er mit den Fingern auf seine Knie. Beim dritten und vierten Mal hatte er auch kein Glück. Da legte er das Handy weg und griff nach seinen Zigaretten.

Doch gerade als er das Feuerzeug schnappen ließ, sagte die Hotelchefin: »Non, non, tut mir leid! Hier im Haus dürfen Sie nicht rauchen, nur draußen.«

Murrend steckte Mike die Zigaretten wieder ein und stand auf. »Wer sich das ausgedacht hat, Rauchverbot in Frankreich ...« Schimpfend verschwand er durch die Tür.

Marie und Franzi legten ihre Zeitschriften zurück auf den Tisch und folgten ihm. In der Eingangshalle stießen sie mit Kim zusammen, die ihren Rucksack auf dem Rücken hatte. Gleichzeitig sahen sie, wie Mike den Seitenausgang zum Parkplatz nahm. Sie warteten kurz, bevor sie ihm nachgingen.

»Hast du das Aufnahmegerät?«, flüsterte Marie.

»Ja«, flüsterte Kim zurück. »Ich hab so das Gefühl, dass es sich gleich lohnen wird.«

Die drei !!! öffneten die Seitentür und schlüpften hinaus auf den Parkplatz. Mike stand ein paar Meter weiter weg in der Nähe der Mülltonnen und hatte ihnen den Rücken zugedreht. Leise schlichen Marie, Franzi und Kim hinüber zu den Mülltonnen und versteckten sich dahinter. Kim holte das Aufnahmegerät aus ihrem Rucksack heraus.

Mike rauchte in hastigen Zügen und hing schon wieder am Handy. Da hellte sich sein Gesicht plötzlich auf. »Na endlich!« Er war durchgekommen. Schnell richtete Kim das Mikrofon aus und drückte auf die Starttaste.

»Hallo?«, rief Mike und warf die Zigarette auf den Boden. »Ja, Mike hier. Bei dir kommt man ja überhaupt nicht durch!« Er schwieg eine Weile. »Ach so, ja ... Wie es mir geht? Das kann ich dir sagen, Karsten: Beschissen geht es mir! ... Nein, ich bin total ruhig. ... Nein, es ist nichts passiert, alles glattgelaufen. ... Warum ich mich dann aufrege? Ich rege mich nicht auf, ich bin fertig mit den Nerven. Weißt du, was los war? Bei der Übergabe der Dosen tauchen doch glatt zwei Bullen auf. Ich hab gedacht, jetzt ist alles aus, irgendjemand hat mich verpfiffen. ... Nein, sie wollten mir nur sagen, dass ich das Rücklicht anhab ... Hahaha, sehr witzig! Du, mir ist das Lachen vergangen. Nee, jetzt im Ernst. Ich mach das nicht mehr länger mit. ... Karsten, hör mir zu! ... Nein, *du* hörst jetzt mir zu. Ich kann das nicht mehr. Ich bin zu alt für diese Schmuggeldinger.«

Marie hielt sich die Hand vor den Mund. Beinahe hätte sie laut etwas herausgerufen. Schmuggel! Darum ging es also, nicht um Drogen!

Mike hörte inzwischen Karsten zu und trat dabei von einem Bein aufs andere. »Nee ... aber ... doch, schon ... nein, vergiss es ... nee, das mach ich nicht. Hör mal, mir war die ganze Sache von Anfang an viel zu gefährlich. Ich bin da reingerutscht und dann ... Nee, du weißt doch, ich wollte schon mal aussteigen, und jetzt mein ich es wirklich ernst. Ich steig aus! ... Karsten ... Karsten!!«

Seine Stimme wurde immer lauter, überschlug sich fast. Doch dann kippte sie plötzlich. »Was? ... Ja, Karsten ... schon ...« Der Busfahrer räusperte sich, klemmte sich den Hörer unter das Kinn und suchte mit zitternden Händen nach seinen Zigaretten. Da fiel ihm das Päckchen auf den Boden.

»Mist!«, murmelte er. »Nee, ich hab nicht dich gemeint, Karsten. Was sagst du? Ich soll es mir noch mal überlegen? Ey, das hat doch keinen Sinn, ich bin mir hundertprozentig sicher, Mann! Karsten? Karsten?? Karsten???« Perplex nahm er das Handy runter. »Einfach aufgelegt!«

Wütend steckte er das Handy in seine Jackentasche und rauschte an den drei !!! vorbei zur Seitentür. Mit einem lauten Knall ließ er sie hinter sich zufallen.

Marie zuckte zusammen. Die Sache war so schnell gegangen, dass sie sich erst mal wieder sortieren musste.

Kim schaltete das Aufnahmegerät aus und rief triumphierend: »Jetzt haben wir es im Kasten. Er hat zugegeben, dass er schmuggelt, und den Vornamen seines Auftraggebers wissen wir auch.«

»Ja, schon«, sagte Franzi. »Trotzdem haben wir ein Riesenproblem, nein, eigentlich gleich zwei Riesenprobleme. Erstens: Das Ganze ist eine Nummer zu groß für uns, und zweitens: Wir fahren morgen schon wieder nach Hause. Wie sollen wir es da schaffen, den Fall zu lösen und Mike zu überführen?«

Marie seufzte. »Franzi hat recht. Wir stecken ganz schön in der Klemme.«

Langsam packte Kim das Aufnahmegerät in ihren Rucksack. »Hmm ... So was Ähnliches hab ich schon am Anfang befürchtet, Ermittlungen im Ausland sind echt nicht so einfach. Aber ich weiß, was wir jetzt machen: Wir rufen Kommissar Peters an! Bestimmt kann er uns helfen.«

»Okay«, sagte Franzi.

Marie rieb sich die eiskalten Finger. »Gute Idee, aber wenn ihr nichts dagegen habt, würde ich gern die Telefonaktion mit dem Kommissar auf unser Zimmer verlegen. Da ist es wenigstens warm und die Mülltonnen haben wir auch nicht direkt vor der Nase. Die stinken echt wie die Pest.«

»Geht klar«, sagte Kim.

Fünf Minuten später rückten Marie, Franzi und Kim auf Maries Bett eng zusammen. Nach einer kleinen Auseinandersetzung hatten sie sich darauf geeinigt, dass Marie mit dem Kommissar sprechen durfte. Schließlich hatte sie die ältesten Vorrechte, weil Kommissar Peters ein Freund ihres Vaters war und sie damals den ersten Kontakt zu ihm und dem Präsidium vermittelt hatte.

Aufgeregt stellte sie auf laut, damit die anderen mithören konnten, und wählte die eingespeicherte Nummer. Hoffentlich war er am Freitag um die Zeit überhaupt noch im Büro! Er machte zwar oft Überstunden, aber vielleicht wollte er ja ausgerechnet heute früher ins wohlverdiente Wochenende ... Nach dem zweiten Freizeichen klickte es. »Kommissar Peters?« Marie fiel ein Stein vom Herzen. »Ich bin ja so froh, dass Sie da sind!«

»Wer spricht denn da?«, fragte der Kommissar.

»Entschuldigung«, sagte sie. »Hier ist Marie Grevenbroich.«

»Ach, Marie von den drei !!!. Was gibt's? Sagt bloß, ihr seid schon wieder an einem neuen Fall dran?«

Marie lächelte geschmeichelt. Die Stimme des Kommissars klang richtig respektvoll, er schien mittlerweile große Stücke auf die Detektivarbeit der drei !!! zu halten.

»Stimmt«, sagte Marie, »Sie haben ins Schwarze getroffen. Wir sind einem Schmuggler auf der Spur. Wir sind nämlich nicht in Deutschland, sondern in Paris!«

»In Paris?« Der Kommissar schnappte nach Luft. »Machst du Witze?«

»Überhaupt nicht«, sagte Marie. »Wir sind hier auf einer Fahrt vom Jugendzentrum und wir haben Beweise, dass der Busfahrer ein Schmuggler ist. Aber jetzt wissen wir nicht, was wir machen sollen, weil wir doch morgen schon wieder heimfahren und nicht wirklich Französisch können und ...«

»Langsam, langsam«, unterbrach sie Kommissar Peters. »Bitte erzähl mir alles von vorne und schön langsam, ja?«

Marie holte tief Luft, um ihre Aufregung in den Griff zu kriegen. Dann fing sie noch mal von vorne an und berichtete jedes einzelne Detail ihrer Ermittlungen. Franzi und Kim neben ihr rutschten ungeduldig auf dem Bett herum.

Als sie fertig war, meinte der Kommissar: »Oje, eine leichtere Aufgabe habt ihr nicht zufällig für mich so kurz vor dem Feierabend?«

»Leider nicht«, sagte Marie.

Kommissar Peters seufzte. »Frankreich, Frankreich! Na gut, wie hieß noch mal dieser Busfahrer?«

»Michael Löhmer«, wiederholte Marie. »Könnten Sie nicht mal in Ihrer Datenbank nachsehen, ob er vorbestraft ist?«

»Das könnte ich schon«, sagte Kommissar Peters. »Aber das wird eine Weile dauern, ich hab meinen Computer schon heruntergefahren. Soll ich dich zurückrufen?«

»Gern«, sagte Marie, die sich eh schon ein bisschen Sorgen wegen der Kosten machte, so ein Auslandsgespräch mit dem Handy war sicher schweineteuer. »Meine Nummer ist ...«

Der Kommissar unterbrach sie ein zweites Mal. »Danke, die hab ich schon auf dem Display gesehen.«

»Okay, dann bis gleich!«, sagte Marie und legte auf.

Kim drückte die Daumen. »Gleich wissen wir mehr ... Ich kann's kaum noch erwarten.«

»Ich auch nicht«, sagte Franzi. »Wetten, unser Mike hat schon mal ein krummes Ding gedreht? Vielleicht hat er ja Zündkerzen von China nach Deutschland geschmuggelt?«

Kim und Marie prusteten los.

Da klingelte Maries Handy. Schnell hob sie ab. »Und, sind Sie fündig geworden?«

»Leider nicht«, sagte Kommissar Peters. »Euer Michael Löhmer hat keinerlei Einträge, keine Vorstrafen, nur ein paar Punkte in Flensburg, weil er öfter zu schnell gefahren ist, aber das ist alles.«

Enttäuscht sah Marie ihre Freundinnen an. »Wirklich nichts? Sind Sie sicher?«

»Bombensicher«, sagte der Kommissar.

Marie schluckte ihre Enttäuschung hinunter. »Schade, da kann man nichts machen. Aber wir haben ja zum Glück den Beweis auf unserem Aufnahmegerät, da gibt er ganz klar zu, dass er Schmuggler ist. Das müsste doch reichen, um ihn von der französischen Polizei festnehmen zu lassen. Morgen Vormittag besichtigen wir noch

Versailles, das wäre eine super Gelegenheit, um ihn abzupassen, ich kann Ihnen genau die Zeiten und wo wir sind durchgeben.«

»Ich glaube, das stellt ihr euch ein bisschen zu einfach vor«, sagte Kommissar Peters. »In Frankreich gelten andere Gesetze. Da kann ich nicht eben mal einen Streifenwagen losschicken. Zuerst müsste ich herausfinden, welches Präsidium überhaupt zuständig ist, und selbst wenn ich endlich den Richtigen gefunden habe, was sage ich ihm dann? Dass ich einer vagen Spur nachgehe, der Tatverdächtige aber keinen Eintrag in der deutschen Verbrecherkartei hat?«

»Bitte!« Marie legte ein schmeichelndes Flehen in ihre Stimme. Der Kommissar grummelte etwas Unverständliches.

»Kennen Sie nicht zufällig jemanden von der Pariser Polizei?«, fragte Marie. »Persönlich, meine ich?«

»Ja, schon«, gab der Kommissar zu. »Vor einem Jahr hab ich auf einem europäischen Kongress einen Pariser Kommissar kennengelernt. Er spricht fließend Deutsch und ist sehr nett.«

»Das ist ja super!«, rief Marie.

Kommissar Peters schwankte noch ein wenig hin und her, aber Marie spürte, dass sie ihn schon fast überzeugt hatte.

»Also gut«, gab er sich schließlich geschlagen. »Ich werde den Kollegen gleich mal anrufen. Aber versprechen kann ich euch nichts.«

»Danke, danke!«, jubelte Marie. »Das werden wir Ihnen nie vergessen.«

»Jetzt übertreib mal nicht«, murmelte der Kommissar.

Detektivtagebuch von Kim Jülich
Freitag, 22:06 Uhr

Heute ist so viel passiert, dass ich gar nicht weiß, wo ich anfangen soll. Das Wichtigste zuerst: Wir haben handfeste Beweise gegen Mike, unseren neuen Tatverdächtigen, und wir wissen, dass er ein Schmuggler ist. Zwischen welchen Ländern (außer Frankreich und Deutschland) er hin und her schmuggelt und was er genau schmuggelt, konnten wir leider noch nicht herausfinden, die fremdartigen Buchstaben auf der Tüte, die er Philippe gegeben hat, sind uns immer noch ein Rätsel. Meine Vermutung ist, dass P., falls er etwas mit dem Jugendhotel zu tun hat und dort arbeitet (immerhin hat er behauptet, dass er sich dort total gut auskennt), sich von M. evtl. Armbanduhren oder technische Geräte aus dem Ausland mitbringen lässt, um sie an die Gäste des Hotels teuer weiterzuverkaufen. Aber das ist, wie gesagt, nur eine vage Vermutung. Die Tatsache, dass

Mike aus dem Schmuggelgeschäft aussteigen will, spricht zwar für ihn, dennoch hat er sich strafbar gemacht und muss auch für seine Taten geradestehen (mal ganz davon abgesehen, dass er den entscheidenden Schritt zum Ausstieg nur angekündigt und noch nicht vollzogen hat).

So viel zu meinen Theorien und Vermutungen. Aber jetzt kommt das Beste: Kommissar Peters hat mit seinem Pariser Kollegen (Commissaire Lepain) gesprochen und der hat tatsächlich nach langem Hin und Her – wobei der Kommissar unseren Detektivclub in den höchsten Tönen gelobt hat! – zugesichert, dass er morgen Vormittag mit einem anderen Polizisten, der auch Deutsch spricht, nach Versailles kommen wird. Sie werden um zwölf Uhr an dem Ausgang auf uns warten, an dem unsere Führung endet. Zur Sicherheit haben wir die Handynummer von Commissaire Lepain bekommen, falls etwas Unvorhergesehenes passieren sollte.

Dann müssen wir der Polizei zeigen, wer M. ist, und ihnen unser Band geben mit dem mitgeschnittenen Gespräch zwischen M. und seinem Chef Karsten. Damit werden die Polizisten dann M. konfrontieren. Ob das schon zur Festnahme reichen wird, bezweifeln sie allerdings. Besser wäre es, wenn M. von sich aus ein Geständnis ablegen würde. Hoffentlich wird er das tun!!! Zum Glück gerät er ja leicht in Panik. Deshalb stehen die Chancen gar nicht schlecht. Was Marie, Franzi und ich auf jeden Fall versuchen wollen: ihm einfach spontan Sachen an den Kopf werfen, die wir ihm zwar nicht nachweisen können, aber die ihm das Gefühl geben sollen, dass wir ALLES über seine Machenschaften wissen. Heute Nacht werde ich bestimmt kein Auge zutun, ich bin wahnsinnig!! aufgeregt. Werden die französischen Polizisten rechtzeitig zur Stelle sein, werden sie M. wirklich schnappen und festnehmen? Morgen ist unser letzter Tag in Paris, unsere Koffer sind schon gepackt und wir haben nur noch diese eine Chance, in Versailles den Fall zu lösen. Es muss einfach morgen klappen!!!

Geheimes Tagebuch von Kim Jülich
Freitag, 22:22 Uhr

Warnung: Wer dies liest, obwohl ich es ausdrücklich verboten habe, wird es sich auf immer und ewig mit mir verderben!!!

Ja, morgen ist unser letzter Tag in Paris und das bedeutet, dass ich jetzt fünf Tage nichts von Michi gehört habe. Fünf Tage!! Wo steckst du, Michi? Du kannst doch nicht einfach so verschwinden und jeden Kontakt zur Außenwelt abbrechen, selbst wenn du eine neue Freundin hast. Hast du eine???

Inzwischen bin ich mir da gar nicht mehr so sicher. Wenn es nun noch schlimmer ist und dir etwas pas-

siert ist? Mit deinem neuen Mofa zum Beispiel, du fährst zwar sicher vorsichtig, aber es könnte dir ja ein anderer die Vorfahrt genommen haben … Oder du bist einfach ganz normal über die Straße gegangen und ein Autofahrer hat dich überfahren. So was passiert jeden Tag. Ich darf gar nicht daran denken, sonst wird mir schlecht!

Ich bin so hin und her gerissen. Am liebsten würde ich mich sofort in den Nachtzug setzen und alleine nach Hause fahren, um zu sehen, was mit Michi los ist. Aber das geht natürlich nicht. Tom würde es nie erlauben und Marie und Franzi brauchen mich. Wir drei !!! müssen den Fall gemeinsam zu Ende bringen.

Als ich den Detektivclub gegründet hab, hätte ich mir nie träumen lassen, dass ich mal in so einen Konflikt geraten würde. Das ist wohl der Preis, den man als Profidetektivin für die Erfolge und den Ruhm zahlt: Der Fall geht immer vor und das Privatleben muss man hintanstellen.

Michi! Ich werde trotzdem immer an dich denken und bin auch jetzt in Gedanken ganz fest bei dir. Hoffentlich geht es dir gut!!!

Karsten im Anmarsch

Am nächsten Morgen nach dem Frühstück sah der Parkplatz vor dem Jugendhotel aus wie ein Haufen voll wimmelnder Ameisen. Während Toms Gruppe kurz vor der Abreise war, kam gleichzeitig eine neue Gruppe aus England an. Überall rannten Mädchen und Jungen hin und her, ratterten mit ihren Koffern über das Pflaster und schleppten übervolle Taschen. Marie, Franzi und Kim hatten Mühe, in dem ganzen Gewimmel den Überblick zu behalten. Dabei hatten sie extra das Frühstück abgekürzt, um auch ja unter den Ersten zu sein und Mike genau beobachten zu können.

Der Busfahrer hatte dunkle Ringe unter den Augen und war heute noch mieser drauf als sonst. Kein Wunder, bestimmt hatte er schlecht geschlafen und mit seiner Entscheidung gerungen, aus dem Schmuggelgeschäft auszusteigen.

Marie reichte ihm trotzdem mit einem strahlenden Lächeln ihren Koffer. »Vielen Dank, Mike! Du machst das ganz toll.«

Der Busfahrer sah sie verwundert an. »Was? Wie? Ach so, ja, kein Problem.«

Ein bisschen schien er sich sogar über das Lob zu freuen. Marie lächelte weiter und dachte dabei: Na warte, du wirst heute noch dein blaues Wunder erleben!

Mike wuchtete den Koffer ins Gepäckfach. Neugierig warf Marie einen Blick hinein. Ob er da die Schmuggelware versteckt hatte? Leider konnte sie nichts Verdächtiges erkennen.

»Willst du hier Wurzeln schlagen?«, fragte plötzlich Jasmin hinter ihr.

Die Superzicken standen ungeduldig zwischen einer Flut von Koffern, alle drei gestylt und geschminkt, als würden sie gleich zu einer Party gehen.

»Immer mit der Ruhe«, sagte Marie und ließ sich extra Zeit, die drei vorzulassen.

Franzi und Kim standen hinter den Superzicken.

»Reservierst du uns schon mal einen Platz?«, fragte Kim.

»Klar«, antwortete Marie und steuerte auf die Vordertür zu. Aber bevor sie auf der ersten Stufe war, hörte sie hinter sich eine Stimme: »Das kannst du mir doch nischt antun, Marie!« Christophe! Seine Stimme traf mitten in ihr Herz. Sie drehte sich um und da stand er, mit leicht verwuschelten, noch etwas nassen Haaren, einem weißen T-Shirt, das seine Oberarmmuskeln betonte – und einer Rose in der Hand. Marie musste zweimal hinsehen, bis sie es glaubte: Ja, es war tatsächlich eine rote Rose!

Traurig sah er sie an. »Wolltest du wirklich nach Hause fahren, ohne disch von mir zu verabschieden?«

Marie wusste nicht, was sie sagen sollte. Verlegen starrte sie auf die Spitzen ihrer grünen Stiefel.

Christophe hielt ihr mit einer theatralischen Geste die Rose hin. »Die ist für disch, damit du misch nicht vergisst.«

Marie wurde rot. Zögernd nahm sie die Rose entgegen. In dem Moment klatschten die Ballermänner und riefen laut: »Küss ihn, küss ihn, küss ihn!«

Wütend zischte Marie: »Haut ab!«

Doch die Ballermänner waren viel zu neugierig, um sich die aufregende Szene entgehen zu lassen. Und prompt wurden natürlich auch die anderen aus der Gruppe aufmerksam und kamen näher.

»Danke«, sagte Marie leise zu Christophe.

Der lächelte und beugte sich zu ihr vor. So schnell konnte sie gar nicht reagieren, da drückte er ihr auch schon zwei Küsschen auf die Wangen, eins rechts und eins links.

Die Ballermänner johlten: »Yeah!«

Bevor sie noch auf die dumme Idee kamen, das Ganze mit ihren Fotohandys zu filmen, drehte sich Marie schnell um und sprang in den Bus. Hastig ging sie nach hinten durch und besetzte wieder die letzte Reihe. Als sie sich auf ihren Platz fallen ließ, kam sie mit dem Stiel der Rose an ihre linke Hand. Autsch! Das war eine Dorne gewesen. Ein roter Kratzer erschien auf ihrem Handrücken. Die kleine Wunde tat weh, aber noch mehr tat es Marie weh, Christophe nicht mehr zu sehen. Sie zwang sich dazu, nicht mehr aus dem Fenster zu schauen.

Kurz darauf kamen Kim und Franzi zu ihr. Sicher hatten sie die Abschiedsszene mitbekommen und würden sie damit aufziehen. Marie stellte sich schon mal darauf ein und überlegte, wie sie möglichst schnell das Thema wechseln könnte.

Da flüsterte Kim ihr aufgeregt ins Ohr: »Wir haben was entdeckt, vorne neben Mikes Fahrersitz.«

Sofort schob Marie den Gedanken an Christophe beiseite und flüsterte zurück: »Echt? Was denn?«

»Einen Flyer über Busreisen nach Russland, mit einem Foto von Mikes Bus vorne drauf«, erzählte Kim weiter. »Daneben war ein fremdländischer Schriftzug. Und jetzt halt dich fest: Die Buchstaben sahen genauso aus wie auf der Tüte, die Mike Philippe gegeben hat.«

Marie blieb der Mund offen stehen. »Das gibt's doch nicht! Dann muss die Schrift kyrillisch sein, das ist die offizielle Schrift in Russland.«

»Musst du immer so angeben mit deinem Wissen?«, fragte Franzi, obwohl sie sich eigentlich über das neue Detail freute. Dann zog sie triumphierend ihr Handy aus der Hosentasche. »Hier, sieh mal! Ich hab die Vorderseite des Flyers fotografiert.«

»Super«, sagte Marie, »noch ein Beweisstück. Das heißt, Mike schmuggelt also Sachen aus Russland nach Paris, und Deutschland ist nur die Zwischenstation.«

Kim nickte. »Ganz genau.«

Auf einmal legte Franzi den Finger auf den Mund. »Psst, seid still!! Die anderen können uns hören.«

Erst jetzt merkte Marie, dass sich der Bus bereits gefüllt hatte. Gerade nahmen direkt vor ihnen die Superzicken Platz. Franzi hatte recht, die brauchten wirklich nicht zu erfahren, worum es hier ging.

Kurz darauf waren alle vollzählig und Mike schloss die Vordertür. Wie immer griff Tom zum

Mikrofon und begrüßte die Gruppe: »Heute ist unser letzter Tag, Leute, seid ihr auch so traurig wie ich? Huhu, ich könnte heulen! Aber ich verkneif mir die Tränen und freu mich jetzt erst mal riesig auf Versailles!«

Marie grinste. Sie freute sich auch auf das berühmte Schloss, in dem unter anderem der Sonnenkönig und Marie-Antoinette gewohnt hatten. Aber noch viel mehr freute sie sich auf den Showdown danach.

Doch bis dahin mussten sich die drei !!! gedulden und so tun, als wären sie harmlose Touristen einer Gruppe Deutscher, die nichts anderes im Kopf hatten als Kultur.

Die Fahrt zog sich endlos hin, wieder mal gab es Stau in Paris, und als sie endlich das Zentrum hinter sich gelassen hatten, dauerte es auch noch ewig, bis sie endlich den Busparkplatz des Schlosses erreichten.

Aufgeregt verließen Marie, Franzi und Kim den Bus. Was würde Mike jetzt tun? Würde er mitkommen zur Besichtigung oder sich wieder mit einem Komplizen treffen?

Tom hatte sich dieselbe Frage gestellt. »Was ist mit dir, Mike? Kommst du mit?«

Der Busfahrer überprüfte gerade, ob alle Türen verschlossen waren, dann nickte er. »Ich bin dabei.«

»Wunderbar!«, rief Tom. »Du wirst es nicht bereuen. Ich hab extra eine lange Führung für uns organisiert und ...« Er legte Mike die Hand auf die Schulter und steuerte mit ihm auf die Gartenanlage des Schlosses zu.

Marie, Franzi und Kim schlossen sich den beiden an. So riesig hatte sich Marie die Gartenanlage nicht vorgestellt. Alles hier war perfekt symmetrisch ausgerichtet: die schnurgeraden Alleen, die Skulpturen und die Wasserflächen, die sich in der Weite der Landschaft verloren.

Je näher sie dem Schloss kamen, umso größer und imposanter wirkte es mit seiner breiten, regelmäßigen Front, die zum Garten ausgerichtet war.

Franzi pfiff durch die Zähne. »Die französischen Könige haben ja ganz schön mit ihrem Reichtum geprotzt.«

»Allerdings«, sagte Kim. »Und dafür haben sie das Land ausgebeutet und ihre Untertanen hungern lassen. Die Bürger und die Armen durften natürlich keinen Fuß in diese prunkvollen Gemächer setzen.«

Marie nickte. »Stimmt. Aber so toll war es für die Könige auch nicht, im Schloss zu wohnen. Im Winter haben sie total gefroren, und gestunken hat es auch, die hatten ja noch keine Toiletten.«

»Bin ich froh, dass ich damals nicht gelebt hab!«, rief Franzi.

Kurz darauf waren sie im Schloss und Tom lotste die Gruppe zur Schlosskapelle in den Grandes Appartements, wo bereits ein deutschsprachiger Führer auf sie wartete. Alle reckten sofort die Köpfe zur Decke, die mit üppigen Fresken ausgemalt war. Wie hoch der Raum mit den mächtigen weißen Säulen und der Galerie für den König war!

Der Führer begann, die Fresken zu erklären. Eine Weile hörten Marie, Franzi und Kim aufmerksam zu, doch dann merkten sie, wie Mike plötzlich unruhig wurde und sein Handy aus der Jackentasche zog. Anscheinend hatte er gerade eine SMS bekommen, deren Inhalt ihm ganz und gar nicht gefiel. Wetten, dass sie von Karsten stammte? Auf dem Gesicht des Busfahrers spiegelten sich kurz hintereinander die widersprüchlichsten Gefühle: Angst, Wut, Verzweiflung, Unsicherheit und Ohnmacht. Was würde er jetzt machen? Doch die Gruppe verlassen? Marie presste die Lippen zusammen. Hoffentlich nicht, das wäre viel zu früh! Fieberhaft überlegte sie, ob sie Commissaire Lepain anrufen sollte. Aber das würden die anderen aus der Gruppe natürlich alle mitkriegen und dann …

In dem Moment steckte Mike das Handy wieder ein. Die Ohnmacht überwog, er hatte sich entschlossen zu bleiben. Marie atmete auf.

Die Führung ging weiter. Salon für Salon durchquerten sie die Grandes Appartements. Am besten gefiel Marie der Salon d'Apollon, der ehemalige Thronsaal, mit seinen roten Wandverkleidungen und dem prächtigen blauen Mosaikfußboden. Doch danach kam erst das eigentliche Highlight: der berühmte Spiegelsaal. Welche Verschwendung von Raum und Glas! 73 Meter lang, 17 Bogenfenster und insgesamt 357 Spiegel, dazu die vielen üppigen Kristallkronleuchter. Wie viele rauschende Feste und Bälle wohl dort damals gefeiert wurden?

Als sie danach die Gemächer von Ludwig XVI. und die von Marie Antoinette besichtigten und der Führer sie mit einer Fülle an Informationen überschüttete, schwirrte Marie der Kopf vor lauter Prunk und Pracht. Irgendwann konnte sie nichts mehr aufnehmen und schaltete ab. Den anderen erging es ähnlich. Als die Führung vorbei war, sahen die meisten aus, als hätten sie einen sechsstündigen Schultag ohne Pausen hinter sich. Erschöpft lehnten sie sich aneinander und gähnten.

Marie, Franzi und Kim dagegen kämpften gegen ihre Müdigkeit an. Und dann wurden sie mit einem Schlag hellwach: Mike redete mit Tom und sie verstanden die entscheidenden Worte: Er würde schon mal kurz vorgehen.

Tom nickte. Er wollte der Gruppe noch Zeit lassen, um Postkarten und Souvenirs im Museumsshop zu kaufen. Die drei !!! hatten dafür jetzt keinen Sinn. Unauffällig schlichen sie sich hinter Toms Rücken zum Ausgang und folgten Mike.

Der Busfahrer war einige Schritte ins Freie gelaufen. Wie erwartet, hing er am Handy, sicher würde er jetzt den Absender der SMS anrufen. Er war so vertieft, dass er nicht mal merkte, dass Marie, Franzi und Kim ihn beobachteten. Und sie waren nicht die Einzigen. Aus den Augenwinkeln hatte Marie die beiden französischen Polizisten entdeckt. Sie winkte mit dem Erkennungszeichen, das sie vorher ausgemacht hatten: dem Krimi »Mord im Orientexpress« von Agatha Christie. Sofort richteten sich die beiden Männer auf. Der größere von ihnen musste Commissaire Lepain sein, er trug mehr Abzeichen auf seiner Uniform.

Jetzt hatten Kim und Franzi die Polizisten auch gesehen. Kim hob kurz die Hand, dann deutete sie auf Mike. Die Polizisten nickten, sie hatten verstanden.

Und dann ging auf einmal alles ganz schnell. Während der Busfahrer noch in die Tasten seines

Handys tippte, kam ein kleiner, dicker Mann mit grauem Schnurrbart auf ihn zugerannt. Er packte Mike am Ellenbogen und redete auf ihn ein: »Hab ich dich! So leicht entkommst du mir nicht!«

Showdown in Versailles

Der Busfahrer wurde bleich. »Karsten! Was machst du denn hier?«

»Was ich hier mache?«, blaffte der Schmugglerchef zurück. »Ich hab den Nachtzug genommen, bin in ein Taxi gestiegen und extra hierher nach Versailles gekommen. Und warum das ganze Trara? Um dich vor der dümmsten Entscheidung deines Lebens zu bewahren.«

Mike versuchte, sich aus Karstens Griff zu befreien, doch der hielt ihn eisern fest. »Ich bleib trotzdem dabei!«, sagte Mike. »Ich steige aus.«

Da baute sich Karsten dicht vor ihm auf. »Sag das noch mal!«

Mike räusperte sich und seine Stimme zitterte leicht, dennoch wiederholte er seine Worte: »Ich steig aus.«

»Bist du verrückt?«, rief Karsten. »Du glaubst wohl, das geht so einfach. Nein, mein Lieber, du steckst viel zu tief drin in der Sache. Du kommst da nicht mehr raus.«

Mikes Augen flackerten panisch. Mit einem Ruck gelang es ihm, sich aus Karstens Griff zu befreien. Und dann rannte er auch schon los. Karsten brauchte zwei Sekunden, bis er es begriffen hatte.

»Du Hund!«, fluchte er und rannte hinterher.

Gleichzeitig setzten sich die Polizisten und die drei !!! in Bewegung. Franzi war wieder mal die Schnellste, dicht gefolgt von Marie und Kim.

Hinter ihnen rief Tom, der mit dem Rest der Gruppe ins Freie getreten war: »Hey, was ist denn hier los?«

Die drei !!! drehten sich nicht mehr nach ihm um. So schnell sie konnten, hetzten sie Mike und Karsten hinterher. Der Busfahrer lief in seiner Verzweiflung hinaus in die Gartenanlage. Das war keine gute Idee. Hier waren alle Wege so offen und übersichtlich, dass er sich nirgendwo verstecken konnte. Trotzdem gab er nicht auf und rannte, rannte immer weiter die schnurgeraden Wege entlang. Die Panik trieb ihn an. Karsten war ihm dicht auf den Fersen. Obwohl er klein und dick war, war er erstaunlich schnell. Die Polizisten holten langsam, aber sicher auf. Marie und Kim keuchten, versuchten dranzubleiben.

Franzi feuerte sie an: »Los, nicht schlappmachen!«

Marie legte noch mal einen Zahn zu. Kim hatte Seitenstechen, aber sie riss sich zusammen und spurtete weiter.

Dann war Karsten ganz dicht bei Mike. Der schlug noch einen Haken in die Rasenfläche hinein. Es nützte ihm nichts. Karsten stoppte ihn im vollem Lauf und schlang von hinten die Arme um ihn. Die Männer verloren den Boden unter den Füßen und fielen ins Gras. Sofort fingen sie an, miteinander zu ringen.

»Lass mich los!«, schrie Mike.

»Das würde dir so passen!«, brüllte Karsten. »Erst versprichst du mir, dass du alles zurücknimmst.«

Mike keuchte: »Nie im Leben! Ich steig aus.«

Sie rangen weiter miteinander, und obwohl Karsten der Kleinere von beiden war, entwickelte er erstaunliche Kräfte. Er drehte Mike mit einer blitzschnellen Bewegung auf den Rücken, setzte sich auf seinen Bauch und drückte die Arme des Busfahrers ins Gras.

»Na, wie sieht es jetzt aus?«, fragte er. »Hast du deine Meinung geändert?«

Mike wand sich unter seinem harten Griff, hatte aber keine Chance. »Lass mich!«, flehte er. »Bitte!«

»Ich denke gar nicht dran«, sagte Karsten und lachte höhnisch. Mike stöhnte auf vor Schmerz.

»Du tust mir weh, lass los!«

»Haben Sie nicht gehört, was er gesagt hat?«, rief Commissaire Lepain.

»Lassen Sie ihn sofort los!«, verlangte sein Kollege.

Karsten löste die Hände von Mikes Armen und starrte die Polizisten an, als ob er eine Fata Morgana in der Wüste vor sich hätte. Auch Mikes Augen weiteten sich vor Überraschung und Entsetzen.

Marie, Franzi und Kim kamen in dem Moment dazu, als er fassungslos murmelte: »Die Bullen? Hier, jetzt? Aber warum …«

Commissaire Lepain gab ihm keine Antwort darauf. »Bitte stehen Sie beide erst einmal auf.«

Verstört rappelten sich die beiden hoch. Dann standen sie mit wackeligen Knien vor den Polizisten.

»Beine auseinander!«, befahl der Kollege des Commissaires.

Dann tasteten die Polizisten den Busfahrer und seinen Chef von oben bis unten ab.

»Aber ich hab nichts getan!«, beteuerte Karsten. »Das muss ein Irrtum sein. Sie haben mich verwechselt …«

»Das ist garantiert kein Irrtum«, sagte Commissaire Lepain. »Mein Kollege, Brigadier Tournelles, und ich haben einen Hinweis von der deutschen Polizei erhalten und dieser Hinweis geht auf die Ermittlungen dieser Detektivinnen hier zurück.«

Erst jetzt bemerkten Karsten und Mike die drei !!!.

Mike rieb sich die Augen. »Diese Kinder?«

»Lächerlich«, sagte Karsten und lachte auf.

»Da gibt es gar nichts zu lachen«, sagte Commissaire Lepain, während er eine Pistole aus der Hosentasche des Schmugglers herausholte. »Können Sie mir dazu eine Erklärung abgeben, warum diese Waffe in Ihrer Tasche ist?«

Karsten wurde bleich. »Ich will sofort meinen Anwalt sprechen!«

»Immer mit der Ruhe«, sagte Commissaire Lepain. »So weit sind wir noch lange nicht. Erst mal möchte ich Ihre beiden Ausweise sehen.«

Karsten zog seine Brieftasche aus der Innentasche und holte seinen Pass heraus.

Brigadier Tournelles nahm ihn entgegen. »Bien, Sie sind also Monsieur ... Herr Karsten Denk?«

Der Schmuggler nickte.

»Und was ist mit Ihnen?«, wandte er sich an Mike.

Der Busfahrer hob die Schultern. »Tut mir leid, mein Ausweis ist im Reisebus und der Bus steht auf dem Parkplatz da drüben.«

»Kein Problem«, sagte Commissaire Lepain. »Ihren Bus wollten wir uns sowieso genauer ansehen.«

Mike protestierte: »Warum das denn? Haben Sie überhaupt das Recht dazu?«

»Ja, das haben wir«, sagte Commissaire Lepain ruhig. »Selbst wenn wir keinen konkreten Verdacht hätten, dürften wir Ihren Reisebus überprüfen. Aber wir haben einen Verdacht. Diese drei cleveren Detektivinnen hier haben ein Gespräch mitgeschnitten, das Sie gestern mit Herrn Denk geführt haben. In diesem Gespräch haben Sie zugegeben, dass Sie sich als Schmuggler betätigen.«

Das war das Stichwort für die drei !!!. Kim machte ihren Rucksack auf und gab das Band dem Commissaire.

»Was? Mitgeschnitten?«, rief Mike. »Das kann doch nicht sein ... das möchte ich erst mal anhören.«

»Das werden Sie auch in aller Ruhe anhören«, sagte Brigadier Tournelles, »später auf unserem Präsidium.«

Mike konnte es nicht fassen. Immer wieder sah er zwischen den Polizisten und den drei !!! hin und her. »Aber, aber ... Das ist alles eine üble Verleumdung, das haben sich diese Kinder doch bloß ausgedacht. Kinder haben eine blühende Fantasie, ich weiß das, ich hab nämlich selbst Kinder.«

Commissaire Lepain winkte ab. »Schon gut.

Kommen Sie jetzt!«, forderte er den Busfahrer und Karsten auf. Die Polizisten nahmen die beiden Schmuggler in ihre Mitte. Die beiden tauschten giftige Blicke aus, dann drehten sie sich voneinander weg.

»Ich will sofort meinen Anwalt sprechen!«, wiederholte Karsten laut, doch keiner antwortete darauf.

Marie, Franzi und Kim waren mindestens so stolz wie die damaligen französischen Könige. Im Triumphzug marschierten sie hinter den Polizisten und den Verbrechern durch die prächtige Gartenanlage auf den Busparkplatz zu. Dort warteten bereits die anderen auf sie.

Tom kam ihnen völlig aufgelöst entgegen. »Wo wart ihr denn? Ihr seid plötzlich verschwunden. Wer ist der fremde Mann? Und was will denn die Polizei von euch? Habt ihr was angestellt?«

Marie, Franzi und Kim hörten sich den Schwall an Fragen ruhig an und grinsten sich gegenseitig zu.

Dann antwortete Commissaire Lepain für sie: »Im Gegenteil. Die Mädchen haben hervorragende Detektivarbeit geleistet und sind auf diese zwei Tatverdächtigen hier gestoßen, bei denen es sich höchstwahrscheinlich um Schmuggler handelt.«

»Verleumdung, Verleumdung!«, rief Mike wieder, während Karsten sich auf die Lippe biss und es vorzog zu schweigen.

Tom und den anderen aus der Gruppe verschlug es die Sprache. Besonders den Superzicken und den Ballermännern fielen vor lauter Staunen fast die Augen heraus. Nach dem ersten Schock bestürmten sie die drei !!! mit Fragen:

»Was ist passiert?«

»Seid ihr wirklich Detektivinnen?«

»Wie habt ihr das alles herausgefunden?«

»Mike soll ein Schmuggler sein? Habt ihr Beweise dafür?«

Wieder hörten sich Marie, Franzi und Kim alles ruhig an. Als sich das Stimmengewirr etwas legte, sagte Marie: »Tut uns leid, das können wir euch erst später erzählen. Die Ermittlungen sind immer noch nicht abgeschlossen.«

Enttäuschtes Raunen ging durch die Gruppe.

»Ruhe, bitte!«, sagte Brigadier Tournelles.

Commissaire Lepain klatschte in die Hände. »Bitte behindert uns jetzt nicht, wir brauchen Platz, weil wir jetzt den Bus durchsuchen werden.«

Die Gruppe wich zurück. Keiner traute sich mehr, etwas zu fragen.

Nur Tom murmelte vor sich hin: »Mike ein Schmuggler? Aber er war doch immer so sympathisch und freundlich zu uns ...«

Marie grinste. Tom hatte wirklich eine verzerrte Wahrnehmung. Selbst wenn Mike kein Verbrecher gewesen wäre, gehörte er bestimmt zu den unfreundlichsten Menschen auf der ganzen Welt.

Die drei !!! ließen sich nicht von den Polizisten zurückdrängen. Abwartend blieben sie in der Nähe des Kommissars und seines Kollegen stehen und warteten aufgeregt darauf, dass sie noch mal zum Einsatz kommen würden.

Commissaire Lepain forderte Mike auf, die Vordertür des Busses aufzuschließen. Widerwillig gehorchte der Busfahrer. Dann verschwand Brigadier Tournelles allein im Innenraum und nahm den Fahrerbereich genau unter die Lupe. Danach ging er Reihe für Reihe den Gang durch und suchte alles ab. Dabei nahm er jeden Rucksack und jedes Handgepäck der Schüler aus den Ablagen, schaute hinein und legte es wieder zurück.

Marie trat von einem Bein aufs andere. Wie lange dauerte das denn noch? Nach zehn Minuten kam der Polizist endlich wieder heraus. Außer dem Pass des Busfahrers hatte er nichts in Händen.

»Sie sind also Herr Michael Löhmer«, sagte Brigadier Tournelles.

»Ja, der bin ich«, sagte Mike schnell. »Sehen

Sie, ich habe nichts zu verbergen, es ist alles in Ordnung.«

Brigadier Tournelles musterte ihn kühl. »Nicht so voreilig, Monsieur. Machen Sie uns bitte das Gepäckfach auf.«

Mike zog den Kopf ein und folgte den Anweisungen. »Soll ich Ihnen helfen mit den Koffern? Die sind schwer.«

»Nein, danke«, sagte Commissaire Lepain. »Wir kommen schon alleine zurecht.«

Zusammen mit seinem Kollegen wuchtete er einen Koffer nach dem anderen heraus und stellte sie am Boden ab.

Kim flüsterte Franzi zu: »Werden sie jetzt alle Koffer aufmachen?«

Franzi hob die Schultern. »Keine Ahnung.«

Doch die Polizisten ließen die Koffer links liegen und schauten sich das leere Gepäckfach genauer an.

Auf Mikes Stirn bildeten sich Schweißperlen. »Bitte«, sagte er, »es ist doch alles in Ordnung, das sehen Sie doch ...«

Marie raunte Franzi und Kim zu: »Sehr verdächtig! Wetten, da ist was?«

Commissaire Lepain kroch ein Stück in das Gepäckfach hinein, sodass nur noch seine Beine herausragten. Kurz darauf hörten sie ein schnappendes Geräusch und der Commissaire tauchte wieder auf. »Und was ist das, Herr Löhmer? Das Gepäckfach hat einen doppelten Boden.«

Mike schwitzte noch mehr. »Äh ... das brauche ich, weil ... wenn mal besonders viel zu transportieren ist, das ist ... nur ein Zusatzfach.«

Da meldete sich plötzlich Karsten zu Wort: »Brauchen Sie mich eigentlich noch? Mit diesem Bus hab ich nichts zu tun.«

»Sie rühren sich nicht vom Fleck!«, sagte Brigadier Tournelles. »Oder soll ich Ihnen etwa Handschellen anlegen?«

»Nein, nein«, sagte Karsten.

Die Polizisten widmeten sich wieder dem Gepäckfach.

»Sehr interessant«, sagte Commissaire Lepain und brachte zwei blaue, große Kühltüten zum Vorschein. »Was ist denn da drin?«

Mike versuchte immer noch, den Unschuldigen zu spielen. »Ich weiß es nicht, diese Tüten hab ich noch nie vorher gesehen. Er hat sie mir reingeschmuggelt!« Dabei zeigte er auf Karsten.

»Untersteh dich«, rief Karsten, »solche Lügen zu verbreiten!«

Die Polizisten machten die Tüten auf und zogen kleine Schraubgläser heraus, in denen unförmige, in Küchenkrepp eingewickelte Kugeln steckten.

Marie, die einen Blick auf die Etiketten der Gläser erhaschen konnte, pfiff durch die Zähne. »Sind das etwa Trüffel?«

Commissaire Lepain nickte ihr zu. »Gut erkannt, Mademoiselle. Die sind ein Vermögen wert. Herr Löhmer, wo haben Sie die Trüffel her?«

»Das sind nicht meine Trüffel!«, wehrte sich Mike. »Die gehören mir nicht und ich hab sie nirgendwo her.«

Da hielt es Franzi nicht mehr länger aus. »Dürfen wir Ihnen auf die Sprünge helfen? Diese Trüffel haben Sie in einem Schließfach am Gare Saint Lazare abgeholt. Sie sind mit dem Bus hingefahren und haben in der Rue de Rigny geparkt.«

Beides waren Vermutungen, für die die drei !!! keinerlei Beweise hatten, aber offensichtlich hatten sie damit direkt ins Schwarze getroffen.

Plötzlich brach Mike zusammen. »Ich wollte das nicht tun, ich bin da nur so reingerutscht. Bitte, verhaften Sie mich nicht, ich habe in Deutschland eine fünfköpfige Familie zu ernähren, nur deswegen hab ich mich auf den Schmuggel eingelassen. Ein Freund von mir hat mich dazu überredet, er hat gesagt, das ist alles ganz harmlos und ungefährlich. Ich sei doch sowieso mit dem Bus unterwegs und müsste nur ein paar Kleinigkeiten von Russland nach Frankreich und zurück transportieren ...«

»Aha«, hakte Brigadier Tournelles ein. »Und was haben Sie aus Russland nach Paris geschmuggelt?«

»Russischen Kaviar«, antwortete Mike kleinlaut. »Die Delikatessen sind doch so teuer und die Köche in den Edelrestaurants brauchen die Sachen ...«

Wieder lichtete sich für die drei !!! ein Geheimnis.

»Wir haben gesehen, wie Mike den Kaviar übergeben hat«, erzählte Marie, »in einer Tüte mit kyrillischem Schriftzug. Der Empfänger war ein gewisser Philippe und sah ziemlich elegant aus. Er könnte durchaus Koch in einem Edelrestaurant sein.«

Mike schniefte. »Ist er auch. Früher hat er im Jugendhotel gearbeitet und sich dann hochgearbeitet bis zur Spitzenklasse der französischen Köche. Aber bitte ... verhaften Sie mich nicht, ich hab es nur wegen meiner Familie getan und weil ich doch als Busfahrer nicht genug verdiene. Und ich wollte aussteigen aus dem Ganzen, das hab ich gestern und heute versucht, Karsten zu verklickern, aber der wollte es einfach nicht akzeptieren. Klar, er zieht ja die Fäden bei diesem ganzen Schmuggel. Ihn müssen Sie festnehmen!«

Bei den letzten Worten stürzte sich Karsten auf Mike und versuchte, ihm ins Gesicht zu schlagen.

Im letzten Moment ging Commissaire Lepain dazwischen. »Das reicht jetzt. Sie sind beide vorläufig festgenommen wegen dringenden Verdachts auf Schmuggel.«

Brigadier Tournelles zückte zwei Paar Handschellen und ließ sie an den Handgelenken von Mike und Karsten zuschnappen.

»Was fällt Ihnen ein?«, empörte sich Karsten. »Ich bin deutscher Staatsbürger, Sie verletzen die europäischen Gesetze!«

»Da können Sie unbesorgt sein«, sagte Commissaire Lepain. »Wir verletzten nichts, wir sorgen nur für Gerechtigkeit.«

Karsten spuckte auf den Boden. »Gerechtigkeit, dass ich nicht lache!«

»Und das alles nur wegen dieser verdammten Gören«, sagte Mike und warf den drei !!! einen abfälligen Blick zu.

Da schaltete sich zum ersten Mal Tom ein: »Hör sofort auf, unsere Detektivinnen zu beschimpfen!«

Mike und Karsten murrten zwar, aber schließlich hörten sie auf, sich zu beschweren, und ließen sich widerstandslos von den Polizisten abführen.

Doch bevor die Polizisten weggingen, schüttelte Commissaire Lepain Marie, Franzi und Kim noch persönlich die Hand. »Vielen Dank für alles! Ihr werdet bald von uns hören. Wir werden uns mit Kommissar Peters in Verbindung setzen.«

Dann drehten sich die Polizisten um und verschwanden zusammen mit den Schmugglern. Kaum waren sie weg, brach ein riesengroßer Jubel los. Alle aus der Gruppe klatschten und ließen die drei !!! hochleben.

»Bravo, bravo!«

»Ihr wart super!«

»Yeah!«

»Einfach genial!«

Der letzte Ausruf kam natürlich von Tom. Der drängte sich zu Marie, Kim und Franzi vor und nahm sie kurz beiseite. »Sagt mal, eine Sache würde mich schon noch interessieren. Kann es sein, dass ihr am Anfang mich als Dieb verdächtigt und geglaubt habt, ich hätte Verenas Koffer gestohlen?«

»Wieso?«, fragte Marie und klimperte mit ihren getuschten Wimpern.

Tom grinste. »Na ja, weil jemand von euch wohl in meinem Zimmer war. Ein paar Sachen lagen nicht mehr genau am selben Platz wie vorher. Meine Checkliste zum Beispiel, die ich mir vor der Reise gemacht hatte, damit ich nichts vergesse beim Packen.«

So naiv, wie sie immer geglaubt hatten, war Tom also gar nicht! Jetzt konnte Marie es nicht mehr länger leugnen. »Tut uns leid, das war eine reine Vorsichtsmaßnahme. Wir wollten dich nicht zu Unrecht verdächtigen. Hoffentlich hattest du keinen Ärger.«

»Wegen des Zimmers?«, fragte Tom. »Nein, nein. Ärger hatte ich natürlich trotzdem. Der Chef vom Jugendzentrum hat mich verwarnt und mir dauernd SMS geschickt, dass so was wie mit Verenas Koffer nicht mehr vorkommen darf.«

Marie, Franzi und Kim tauschten einen kurzen Blick. Aus dem Jugendzentrum waren also die SMS gekommen!

»Bist du noch sauer auf uns?«, fragte Kim vorsichtig.

»Bin ich nicht«, sagte Tom, »aber nur unter einer Bedingung: wenn ihr mir verratet, wer Verenas Koffer geklaut hat.«

»Das würde mich aber auch interessieren«, mischte sich Verena ein, die den letzten Teil des Gesprächs mitbekommen hatte und sich zusammen mit Luise und Jasmin neben die drei !!! stellte.

Franzi räusperte sich. »Tja, das war alles ganz

harmlos. Mike hatte damit nichts zu tun. Es war Christophe. Er wollte nur kurz deinen Koffer klauen, um eine Gelegenheit zu haben, ein bisschen mit dir zu flirten.«

»Wie bitte?«, fragte Verena.

»Ja«, sagte Kim. »Aber weil du nicht darauf angesprungen bist, hat er sich ein neues Opfer suchen müssen.« Dabei warf sie Marie einen unmissverständlichen Seitenblick zu.

Sofort starrten alle Marie an, besonders Verena.

Da drängte Marie: »Sollten wir nicht langsam mal losfahren? Sonst kommen wir nie zu Hause an!«

Detektivtagebuch von Kim Jülich
Samstag, 14:09 Uhr

Eine Woche hab ich jetzt nichts ins Detektivtagebuch geschrieben. Schande über mich! Aber nach der aufregenden Parisreise musste ich mich erst mal ein bisschen erholen – soweit das meine »lieben« Brüder Ben und Lukas zugelassen haben.

Hier kommt das Wichtigste in Kürze: Die drei !!! haben wieder einen Fall erfolgreich gelöst!

Nachdem die Schmuggler von den französischen Polizisten abgeführt worden waren, hat Tom uns höchstpersönlich mit dem Reisebus heimgefahren, weil Mike ja nicht mehr zur Verfügung stand. Das hatte eindeutig Vorteile: Weil Tom sich auf den Verkehr konzentrieren musste, konnte er nicht dauernd quatschen!

Vier Tage nachdem wir aus Paris zurück waren, hat Kommissar Peters uns ins Präsidium eingeladen. Dort hat er uns alles erzählt, was ihm sein Kollege, Commissaire Lepain, berichtet hat: Mike hat sofort ein umfassendes Geständnis abgelegt, das ihm bestimmt strafmildernd angerechnet werden wird. Karsten war ein härterer Brocken. Er hat auf dem Pariser Polizeipräsidium alles abgestritten und nach seinem Anwalt verlangt. Erst als Commissaire Lepain mit der Hilfe von Kommissar Peters herausgefunden hatte, dass Karsten bereits vorbestraft war und schon mal wegen Schmuggels im Gefängnis saß, hat er klein beigegeben und gestanden, dass er mit einem anderen Komplizen zusammen den Schmuggel zwischen Frankreich und Russland betrieben hat – und das schon seit drei Jahren! Die meiste Kohle hat er für sich und seinen Komplizen abgezweigt und der arme Mike hat nur einen Bruchteil davon abbekommen.

Aber damit ist jetzt endgültig Schluss. Einen Tag später wurden Philippe und Karstens Komplize gefasst. Letzterer hatte sich auch gerade in Paris aufgehalten. Philippe wird wohl in Frankreich mit einer relativ geringen Strafe davonkommen. Die drei *deutschen Schmuggler wurden nach Deutschland gebracht und werden nun dort vor ein Gericht gestellt.*

Kommissar Peters war sehr stolz auf uns, obwohl er uns gleichzeitig ausgeschimpft hat, dass wir uns in so gefährliche Situationen begeben haben ... Na ja, sooo wahnsinnig gefährlich war es doch gar nicht gewesen, finde ich!

Das Tollste ist, dass wir wieder eine Belohnung bekommen haben. Nein, nicht die Trüffel und auch nicht den Kaviar! Beides hat die Polizei konfisziert und ehrlich gesagt bin ich auch gar nicht traurig deswegen. Kaviar ist mir viel zu salzig und mit Trüffeln kann ich, glaube ich, auch nichts anfangen. Die drei !!! haben etwas viel Besseres bekommen: eine Urkunde mit Stempel und goldenem Wappen vom Pariser Polizeipräsidium. Darin werden wir für unsere Verdienste im Kampf gegen das internationale Verbrechen geehrt! Ist das nicht abgefahren?

Langsam wird mir ganz schwindelig von dem ganzen Ruhm. Vielleicht sollte ich ja doch später Detektivin werden und nicht Krimiautorin. Auf jeden Fall ist es total spannend, Detektivin zu sein!

Geheimes Tagebuch von Kim Jülich
Samstag, 14:23 Uhr

Warnung: Stopp! Nicht weiterlesen, sonst passiert etwas Schreckliches!

Was habe ich mir für Sorgen um Michi gemacht! Und dann hat sich alles ganz anders aufgelöst, als ich gedacht hatte.

Erstens: *Er hat keine Freundin!!!*

Zweitens: *Er hatte auch keinen Unfall mit seinem Moped.*

Drittens: *Er war ein paar Tage mit Grippe im Bett gelegen, nichts Schlimmes zum Glück, und es geht ihm schon wieder viel besser. Aber das war der Grund, warum er mir keine SMS geschickt hat.*

Viertens: *Aber das ist jetzt wirklich oberober-obergeheim: Als ich ihn besucht und ihm die Urkunde gezeigt hab, hat er mich vor lauter Freude umarmt!!!*

Jetzt weiß ich, was ich mache, wenn ich erwachsen bin: Ich gründe zusammen mit Michi ein Detektivbüro und wir zwei werden die berühmtesten Detektive auf der ganzen Welt!